이어령의 교과서 넘나들기

콘텐츠 크리에이터 **이어령** | 글 **윤한국** | 그림 **홍윤표** | 기획 **손영운**

문학편 ③ 컨버전스 시대의 변화하는 문학

살림

생각을 넘나들며 다양한 지식을 익히는 융합형 인재가 되세요!

우리는 지난 몇 년간 엄청난 변화를 겪었습니다. 과학기술과 정보통신기술의 비약적인 발전으로 인해 지난 시절 몇 세기에 걸쳐 누적된 삶의 변동보다 훨씬 더 크고 빠른 변화를 경험해야 했던 것이지요. 스마트폰 같은 디지털 기기들과 트위터, 페이스북 같은 소셜 네트워크 서비스들은 불과 1~2개월의 시간 동안 우리 삶의 방식을 일순간에 바꾸어 놓았습니다. 당연히 지난 시절에 유용했던 생각과 지식 역시 크게 달라질 수밖에 없습니다. 이럴 때 우리 아이들은 미래를 위해 무엇을 준비하고 공부해야 할까요?

저는 이런 이야기를 좋아합니다. 옛날 어떤 사람이 우연히 산속에서 신선을 만났습니다. 신선에게 소원을 말하면 들어준다는 말에 그 사람은 신선을 붙들고 놓아 주지 않았지요. 그리고 신선에게 말했습니다. "저기 저 바위를 황금으로 바꿔 주세요." 다급해진 신선이 지팡이를 휘둘러 커다란 바위를 황금으로 바꾸어 주었습니다. "이제 놓아다오." 그때 그 사람이 눈을 반짝이며 말했습니다. "소원이 바뀌었어요. 그 지팡이를 제게 주세요."

이 이야기는 단순히 고기 잡는 방법을 가르쳐야 한다는 말이 아닙니다. '황금'이라는 창조물에서 황금을 창조하는 '방법'으로 생각을 이동시킬 수 있는 능력이 중요하다는 말입니다. 우리 아이들이 주역이 될 미래는 다양한 방면으로 바라보고 가로지르고 융합할 수 있는 '생각의 능력'이 더없이 중요해지는 시대입니다.

콜럼버스의 일화를 소개할까요. 콜럼버스가 신대륙에 상륙했을 때 어딘가에서 새소리가 들렸습니다. 콜럼버스는 그 새소리를 종달새 소리라고 적었지만, 나중에 밝혀진 바로는 그곳에 종달새는 살지 않았답니다. 콜럼버스는 자신이 알고 있는 지식에 묶여 새(bird) 소리를 새(new) 소리로 듣지 못했던 것입니다. 이런 관습적인 사고가 과거의 생각 방식이었다면 이제 중요해지는 것은 '순환적인 사고'와 '양면적인 사고', 서로 다른 분야를 함께 생각할 수 있는 '복합적인 사고'입니다.

다행히 우리 민족은 이미 오래전부터 이런 사고방식을 부지불식간에 사용하고 있었습니다. 언어적으로 봐도 서양은 한쪽 면만 표현하는 반면 우리는 항상 양면성을 고려했습니다. 고층건물에 있는 '엘리베이터'는 그 뜻을 해석하면 이상합니다. '오르는 기계'라는 뜻이니까요. 우리는 '승강기'라고 씁니다. '오르내리는 기계'라는 뜻이지요. '열고 닫는다'는 뜻의 '여닫이', 나가고 들어온다는 뜻의 '나들이', 이런 어휘들은 양면적인 사고가 잘 반영되어 있습니다.

순환적 사고란 무엇일까요. 가위, 바위, 보에서 '가위'의 의미에 주목해 보도록 하지요. 바위와 보만 있는 세계는 항상 결과가 자명한 세계입니다. 모두 오므리거나 모두 편 것, 이것 아니면 저것만 있는 세계에서는 다양함이 나올 수 없습니다. 그러나 '가위'가 있어서 가위, 바위, 보는 예측 불가능한 결과를 가져올 수 있는 다양성을 갖게 됩니다. 우리는 바로 그 '가위'와 같은 것을 상상해 내고 생각할 줄 알아야 합니다.

그러자면 서로 다른 분야를 넘나들면서 다양한 지식을 융합적이고 통섭적으로 습득해야 합니다. 쓰고 남은 천들은 버려지는 것이 아니라 조각보로 훌륭하게 다시 만들어질 수 있고, 배추 쓰레기가 '시래기'라는 웰빙음식으로 재탄생할 수 있게 만드는 지식의 습득과 활용이 필요합니다.

그렇게 자라난 우리 아이들은 과거와는 다르게 모두가 1등이 될 수 있는 사회에서 풍요로운 삶을 살 수 있을 것입니다. 저는 늘 이렇게 말합니다. "남다른 생각과 지식을 가지고 360도 방향으로 제각기 뛰어나가 그 분야에서 1등이 되어라. 옛날처럼 성적순으로 1등부터 꼴찌까지 줄 세우는 시절이 아니다. 그렇게 저마다의 소질과 생각에 맞는 분야에서 1등이 되어 손 맞잡고 강강술래를 돌아라. 그런 아름다운 세상에서 살아라."라고 말이지요.

스티브 잡스는 스탠퍼드 대학교의 엘리트들에게 이렇게 말했습니다. "Stay hungry, stay foolish!" 졸업하면 성공이 보장된 인재들에게, 그리고 최고의 지성으로 무장한 졸업생들에게 '항상 바보 같아라'라고 말한 것은 어떤 의미일까요. 기존의 지식으로 무장한 사람일수록 세상을 바꿀 뛰어난 생각은 바보같이 느껴진다는 의미가 아닐까요. 현재의 관점에서 불가능할 것 같고 황당하고 쓰임새가 없어 보이는 상상 속에 우리가 예측하지 못했던 엄청난 혁신과 가치가 숨어 있다는 것을 스티브 잡스는 말하고 싶었던 겁니다.

〈이어령의 교과서 넘나들기〉가 우리 젊은 학생들이 그런 행복한 미래(future)에 대한 비전(vision)을 갖는 데 꼭 필요한 융합형(fusion) 교양 지식을 익히고 생각의 넘나들기를 익힐 수 있는 좋은 계기가 되기를 바랍니다.

이어령

지식 대융합 시대의 창조적 교양인을 꿈꾸는 여러분께

현대 사회는 'T자형 인간'을 요구한다고 합니다. 'T자형 인간'이란 자기 분야는 물론이고, 다른 분야에도 깊은 이해가 있는 종합적인 사고 능력을 가진 사람을 일컫는 말입니다. 'T'자에서 '—'는 횡적으로 많이 아는 것을, 'ㅣ'는 종적으로 한 분야를 깊이 아는 것을 의미하지요.

왜 현대 사회는 T자형 인간을 원할까요? 그 이유는 21세기가 '지식 대융합의 사회'를 지향하고 있기 때문입니다. 현대는 하루가 다르게 새로운 개념의 첨단 전자 제품이 나오고, 그것이 우리의 지식 정보 전달 시스템을 통째로 바꾸고, 그 결과 문명의 방향이 달라지는 시대입니다. 이 변화무쌍한 현실을 이해하고 이끌어 나갈 수 있는 힘은 오로지 창조적이고 통합적인 상상력과 직관을 가진 'T자형 인간'으로부터 생산되기 때문입니다.

하지만 우리의 현실을 보면 앞이 아득합니다. 'T자형 인간'이 되어 21세기 대한민국을 이끌고 나가야 할 청소년들은 빡빡한 학교 수업과 학원 일정에 쫓겨 다람쥐 통의 다람쥐처럼 제자리 돌기만 하고 있습니다. 학교와 교과서를 통해 배운 지식을 단순히 입시 수단으로만 여기고 있습니다. 학교에서 배운 지식을 다른 지식과 잘 연결하고 융합시켜 지적 능력을 키우는 일에는 관심 밖입니다.

〈이어령의 교과서 넘나들기〉 시리즈는 안타까운 우리 청소년들의 지적 현실을 타개하기 위해 만든 책입니다. '5천 년 인류 문명이 이룩한 모든 교양을 만화로 읽는다.'는 생각으로 만화가 가지는 유머와 재미라는 틀 안에 그동안 인류가 축적한 다양한 지식을 담았습니다. 단순히 한 가지 학문만을 다루는 것이 아니라 다양한 학문이 통합된 융합형 교양 지식을 담아 청소년들이 현대 사회를 창조적으로 살아갈 수 있는 능력을 기를 수 있도록 만들었습니다.

앞으로 디지털, 과학, 문학, 심리, 경제 등 인류 문명의 토대가 되는 지식을 담은 재미있고 명쾌하지만 결코 가볍지 않은 멋진 만화책들이 차례로 독자들 앞으로 찾아갈 것입니다. 우리 청소년들이 이 책들을 읽고 '지식의 대융합 시대'를 선도하는 'T자형 인간'을 꿈꾸는 모습을 보기를 간절히 소망합니다.

기획 **손영운**

다양한 학문을 넘나드는 문학의 놀라운 세계가 펼쳐집니다!

최근 디지털 기술 간의 통합을 일컫는 '디지털 컨버전스'의 흐름이 정보 기술 분야뿐 아니라 정치, 경제, 문화 등 사회 각 분야에 걸쳐 폭넓게 확산되고 있습니다. 특히 교육 분야에서 컨버전스 바람은 더욱 거셉니다. 지식 기반 사회인 디지털 컨버전스 시대를 이끌어 갈 미래형 인재를 길러 내는 것이 교육의 중요한 역할이기 때문입니다. 따라서 인문학의 바탕을 이루는 문학과 다른 영역이 어떻게 통합될 수 있는지를 보여 주는 것은 새로운 시대를 주도할 창의적인 인재를 키워 낸다는 측면에서 매우 의미 있는 일입니다.

이 책은 문학과 정치, 문학과 신화, 문학과 게임 등 학문 영역 간의 장벽을 넘나드는 사고의 과정을 통해 서로 다른 지식들이 어떻게 통합되는지를 보여 줍니다. 이를 통해 문학을 전혀 다른 측면에서 살펴보는 새로운 안목을 키워 주려 했습니다. 21세기는 컨버전스의 시대입니다. 영역 통합은 모든 예술 분야에서 하나의 문화적 현상으로 나타나기 시작했고 이러한 경향은 앞으로 더욱 심화될 것입니다. 새로운 시대에 새로운 문학을 공부하고자 하는 여러분께 이 책을 권합니다.

글 윤한국

다양한 분야에 활용되는 문학의 무궁무진한 가능성을 느껴 보세요!

저는 어렸을 때부터 책 읽는 것을 아주 좋아했습니다. 그래서인지 문학을 주제로 만화를 그린다는 것은 참으로 즐겁고 보람 있는 경험이었습니다. 그런데 이번에 만화를 그리면서 저는 좋아하는 문학을 만화로 그린다는 즐거움 외에 깨달음도 얻었습니다. 그것은 바로 재미있는 만화를 그리려면 그림도 잘 그려야 하지만 그것보다 좋은 이야기를 만드는 능력이 더 중요하다는 사실입니다. 요즘은 하나의 좋은 이야기가 소설로, 만화로, 드라마로, 게임으로, 연극과 영화로 다양하게 활용되는 시대입니다. 이런 시대이기 때문에 문학 작품을 읽어 감동을 받고, 문학이 가진 가능성과 힘을 이해하는 일이 중요하는 것을 알게 되었습니다.

제가 그리면서 느꼈던 것처럼 이 만화를 읽으면서 문학의 다양한 가능성을 이해하고 문학을 더 가까이하는 데 도움이 되시기를 바랍니다. 그리고 쑥스럽지만 만화도 재미있게 읽어 주셨으면 좋겠습니다. 마지막으로 좋은 글을 써 주신 글 작가 선생님과 기획, 채색, 제작에 도움을 주신 청강만화스튜디오 가족 외 모든 분들께 이 자리를 빌려 감사드립니다.

그림 홍윤표

이어령의 교과서 넘나들기 문학편 ❸

1장 문학은 인간의 본능일까?

이데아 : 플라톤의 철학에서 이성으로만 파악할 수 있는 진실한 존재를 말하는 개념.

예를 들어 전쟁은 사실 매우 무서운 상황이잖아.

거기서 우리는 아름다움과 기쁨을 느낄 수 없어.
하지만 전쟁을 잘 묘사한 작품은 감동과 함께 아름답다는 생각도 들게 하지.

실제로는 추악한 것이라 할지라도 그것을 모방해서 그려 놓으면 다른 종류의 감동이 있을 수 있어.
감동이야!
더 나아가 사람들의 감정을 정화시켜 미적인 즐거움도 줄 수 있지!

우리는 한 편의 소설을 읽으면서 내용에 푹 빠져들 때가 있어.
안 자? 새벽 두 시야.

그럴 때 소설의 주인공이 당하는 일이 자신의 일인 것처럼 기뻐하고 슬퍼하고 안타까워해 본 적이 있을 거야!
이런.
뭐가?

소설가 이문열의 『우리들의 일그러진 영웅』을 혹시 읽어 봤니?
우리들의 일그러진 영웅

엄석대의 힘에 눌려 아이들에게 따돌림을 당하는 한병태를 보면서 독자들은 서럽고 분함을 느끼고
···
!

새로 오신 담임 선생님이 석대의 잘못을 밝혀내는 장면에서는 통쾌함을 느끼기도 해.

이렇게 문학을 읽을 때 느끼는 즐거움에 주목하는 것이 '문학의 쾌락설'이야.
아~ 재밌다!
뭐야~ 밤 샌 거야?

밤길을 가던 할머니가 호랑이를
만났어.

호랑이는 살려 달라고 애원하는
할머니를 한 입에 삼켜 버렸지.

그러곤 할머니를 기다리던 오누이를
잡아먹으려고 마을로 갔어.

쫓기던 오누이가 신령님께
빌었더니 하늘에서 동아줄이
내려왔고

오누이는 동아줄을 타고 올라가 목숨을 건졌어.
그걸 본 호랑이도 동아줄을 내려 달라고 신령님께 빌었는데,
신령님이 호랑이에게는 썩은 동아줄을 내렸지.

썩은 동아줄을 타고 올라가던 호랑이는
그만 줄이 끊어져 죽고 말았어.

그때 호랑이가 죽어서 흘린 피 때문에
수수가 붉은색을 띠게 되었다고 해.

호랑이와 수수라는 어울리지 않는 두 가지를 연결시켜 재미있는 이야기가 되었지?
난… 재미 없어!
수수

하지만 이 이야기는 그저 아이들의 호기심을 채워 주려고 만들어 낸 것은 아닐 거야.
사실 하늘에서 떨어진 호랑이가 수수밭을 물들였다는 건 중요한 게 아니야.
그럼 뭐가 중요한데…?

중요한 건 호랑이처럼 나쁜 마음을 먹으면 하늘의 벌을 받는다는 교훈이야.
내가 누군데 감히… 난 멸종 위기 동물 이라구!
정신 못 차렸구나!

어른들은 아이들이 선과 악을 구별하고
남을 해치는 건 나빠.
첫…

건강한 생각을 지닌 채 잘 자랄 수 있기를 바라지.
몸이 아픈 친구를 돕다니… 다 컸네?

재미있는 옛날이야기를 들어 본 적 있지?

옛날이야기를 듣고 나도 착한 사람이 되겠다거나, 불쌍한 사람을 도와주어야겠다는 생각을 해 봤을 거야.

사실 『춘향전』 『심청전』 『장화홍련전』 등 대부분의 고전 소설들이 착한 일을 권하고 악한 일을 나무라는 '권선징악'의 교훈을 주지.
勸 善 懲 惡
권 선 징 악

호라티우스(Horatius, B.C.65~B.C.8)

진정한 예술인은

예술에 일생을 걸면 그걸로 충분한 거야.
가난따위
콜록

이런 식으로 소개하면 누가 문학을 하겠어?
오늘은 쌀이 떨어졌으니 구두를 삶아 먹을까?

사실 문학을 직업으로 삼는 것에 대한 고민은
ink

어제오늘의 문제가 아니야.
오늘날의 작가는 자기 직업에 대해 의심한다.
알베르 카뮈 (1913~1960)
대표작 『이방인』, 『페스트』, 1957년 노벨 문학상 수상.
저런 위대한 작가도 자기 직업에 대한 고민을...!

과학 기술과 대중 매체와 오락 등이 발달한 21세기에 왜 문학을 하느냐고 물으면 뭐라고 대답할 수 있을까?

문학은 과연 써먹을 곳이 없는 한가한 놀이일 뿐일까?

사실 문학도 실제로 사용할 만한 가치가 있기는 해!
그게 뭔데?

셰익스피어(William Shakespeare, 1564~1616) : 『로미오와 줄리엣』 등의 작품을 남긴 영국의 극작가.

공자(B.C.551~B.C.479) : 중국 춘추시대의 학자.

북한에서는 문학이 공산주의의 건설과 발전에 이바지할 수 있어야 한다고도 하고

일제시대에 만들어진 많은 소설이나 시가 광복을 위한 투쟁 정신을 키우는 데 이바지했다는 사실도 배웠을 거야.
이육사 (1904~1944)
윤동주 (1917~1945)

이런 점에서 보면

문학이 실용적인 목적으로도 쓰여 온 것을 알 수 있어!
···
골똑
진정 순수한 문학 정신은 사라진 걸까?

그러나 이러한 문학의 실용성을 부정적으로 생각할 필요는 없어!
헉
휙

물론 잘못 이용된 경우도 있겠지.
예를 들자면…

문학을 돈벌이 목적으로만 생각하는 것과
돈 되는 거!
뭔가 더 자극적인 거 없을까?
잘 어울린다!

북한에서처럼 국가적 목적을 위해 문학을 이용하는 거지!
충성의 한길에서
4·15 창작단
평양은 선언한다
리종렬

하지만 남을 올바른 길로 인도한다거나 인간의 자유를 위한 투쟁을 위해 문학을 이용하는 경우에는 긍정적으로 생각해야겠지.
littérature engagem
참여 문학
문학은 자유를 부정하려는 적과 싸워야 하고
또한 자유의 가치를 인식시키는 일에도 참여해야 하지!
그래서 내가 참여문학을 주창했지!
장 폴 사르트르 (1905~1980)

그렇다면 '왜 문학을 하는가'라는 질문에 '실용적 효과를 위해서'라고 답하는 게 틀린 것은 아니군요!
물론이지!

문학이 인류 화합과 자유에 이바지하거나 바람직한 사회 발전에 도움이 된다면 왜 그것을 마다하겠어?

그런 점에서 문학은 오로지 문학 그 자체를 위해서 있다거나 문학은 실용성과 관련이 없다는 주장들은 매우 극단적이라고 할 수 있지.
문학은 순수해야 하는 거야!
옳소!
1960년대 우리나라에서도 순수 문학과 참여 문학이 논쟁한 적이 있었지.

그런데 재미있는 건

문학은 실용성이 떨어지는 점 때문에 현대 사회에서 더 필요할 수도 있다는 거야.
대체 그게 무슨 소리야?

보통 문학을 하면 출세하거나 큰돈을 벌기 어렵기 때문에
꼴록
또 이 복장이야?!

자유롭고 순수한 마음으로 작품을 쓸 수 있지.
그래도 뭔가 즐거워 보여!

요즘 누가 원고지에 펜으로 글을 쓰나?
아직 있어… 어쨌든 이건… 설정이야

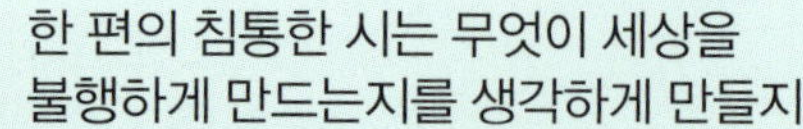

한 편의 아름다운 시는 때 묻은
사람들의 마음에 부끄러움을 주고

영변에 약산 진달래 꽃
아름따다 가실 길에 뿌리오리다
가시는 걸음걸음 놓인 그 꽃을
사뿐히 즈려 밟고 가시옵소서
- 김소월, '진달래꽃' 중에서.

김소월(1902~1934)

한 편의 침통한 시는 무엇이 세상을
불행하게 만드는지를 생각하게 만들지.

잃어버린 목소리를
어디 가면 만날 수 있을까.
잃어버린 목소리를
어디 가면 되찾을 수 있을까.
- 조태일, '목소리(국토23)' 중에서.

조태일(1902~1934)

사람들은 문학에서
얻은 감동을 통해

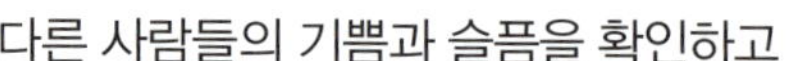

다른 사람들의 기쁨과 슬픔을 확인하고

그것이 자기의 것일 수도 있다고
느끼게 되는 거지.

작가의 진심이 담긴
문학에 공감하며
감동을 받는 거야!

그리고 문학의 또 다른 즐거움은
반성을 통해 삶을 돌아보게 해 주는 거야.

좀 어렵구나?
그럼 예를 들어 줄게!

8시에 등교해서 수업 듣고, 점심 먹고, 학원 가고, 밤 10시에 집에 가는 일과가
계속된다고 생각해 봐.

내가 지금 무엇을 해야 하는지를 판단하는 데 도움을 줄 수 있어.

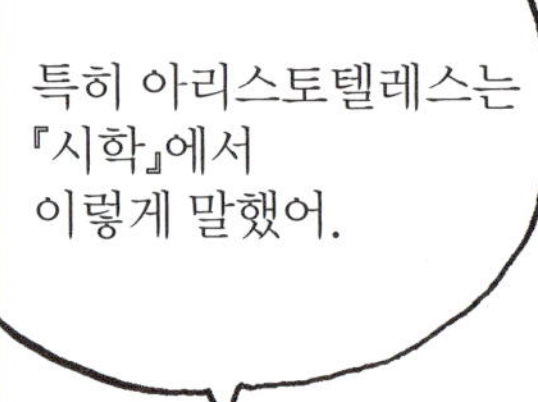

"대체로 문학이 탄생하는 데는 두 가지의 이유가 있는데, 하나는 사람의 모방성 때문이다. 인간에게 모방의 욕구는 어린 시절부터 본능적으로 갖추어져 있다. 그리고 사람이 다른 동물과 다른 점은, 사람이 가장 모방적인 동물이며 사람의 최초의 지식은 모방을 통하여 이루어진다는 데 있다. 두 번째 이유는 모든 사람들이 모방된 것에 기쁨을 느낀다는 것인데 이는 또한 사람의 본능이다."

— 아리스토텔레스, 『시학(詩學)』 중에서.

놀이에 대한 인간의 본능이 점차 사회적 감정으로 변화하면서 인간의 사회 관계가 형성된다고 보았어.

종합해 보면 예술 활동은 창조 활동이며 그래서 놀이 활동이라고도 할 수 있다는 거야.

철학자뿐 아니라 다윈 같은 진화론자들도 비슷한 주장을 했어.
문학의 발생에 대해 한 말씀 드리자면….
찰스 다윈 (1809-1882)

인간에게는 남을 끌어들이려는 본능이 있어서 이것이 예술을 탄생시켰다는 거야.

새들의 울음소리나 동물의 몸 장식 등이 다른 동물을 유혹하고자 하는 행동이듯 사람도 남의 관심을 끌기 위한 본능을 가지고 있다는 거지.
너는 그런 본능이 없는 거야?
뭣이?

이는 인간은 본능적으로 자기를 표현하고자 한다는 말과 비슷한데
나 뭐 변한 거 없어?
모르겠어…

문학을 통해 자신을 다른 사람에게 표현하려는 욕구를 실현하는 것이지.

하지만 현재 가장 널리 인정받고 있는 이론은 '발라드 댄스(ballad dance) 이론'이야.
아.. 사랑하는 그대…
이 발라드 말고.

학자들은 문학과 예술의 기원을 고대에 하늘에 올리던 제사 의식에서 찾곤 하는데 발라드 댄스는 우리말로 '원시 종합 예술'이라고 할 수 있어.

삼국시대 이전의 제천 의식인 '영고'와 '동맹'처럼 말이야.

하늘에 제사를 올리는 의식을 '제천 의식'이라고 해.
고대 그리스에도 정기적으로 열리는 제천 의식이 있었는데
그게 바로 디오니소스 축제야.
난… 술과 다산의 신이거든…
그래서 날 위한 연극 공연이 열렸지!

바로 이 디오니소스 축제에서 시와 춤과 음악이 하나로 어우러진
발라드 댄스가 공연되었어.

발라드 댄스는 처음에는
모든 것이 섞인 종합 예술의
형태였지만

차츰 언어는 문학으로, 소리는 음악으로,
몸짓은 무용과 연극으로 나누어지게
되었어.

너무 어렵다고?
그럼 잠깐 지금까지
말한 사람들의
공통점을 생각해 보자.
사르트르
칸트
카뮈
지금까지 예로 든 사람들의 공통점이 뭘까?
서양 사람?

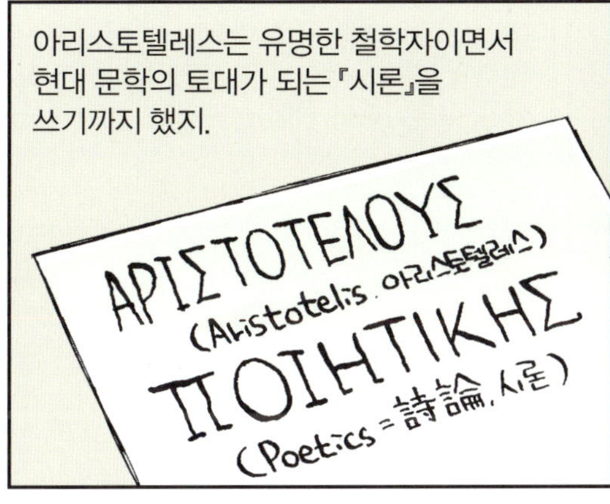

그건 그들의 작품이 일반 대중을 감동시키는 건 물론 작품 자체를 '철학'으로 볼 수 있어서야.

철학적 사고가
매우 논리정연하고
체계적이기 때문이야.
LOGIC 논리

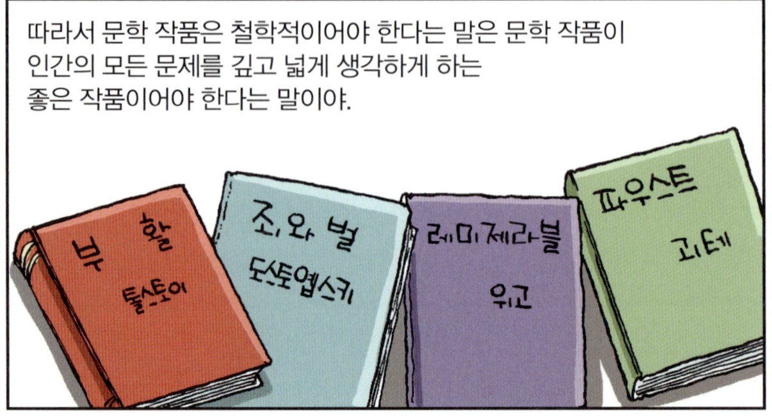

따라서 문학 작품은 철학적이어야 한다는 말은 문학 작품이
인간의 모든 문제를 깊고 넓게 생각하게 하는
좋은 작품이어야 한다는 말이야.
부활
톨스토이
죄와 벌
도스토옙스키
레미제라블
위고
파우스트
괴테

하지만 모든 문학 작품의 가치가
철학적 깊이로만 평가될 수 있을까?

작가의 문체, 언어의 아름다움 등 표현의 가치도 중요하게
평가되어야 하지 않을까?

모든 꽃이 저마다의 아름다움이
있는 것처럼

철학적이지 않은 문학 작품 역시
문학 작품이라는 데는 변함이 없어.

그리고 모든 문학 작품이
반드시 철학적이어야 할
필요도 없지!

우리는 철학을 통해 세계와 인생에 대한
깨달음을 얻고자 하지만

문학을 통해서는 재미나 감동을 받으려 하지.

이러한 사실은 철학과 문학의 기능이 서로 다르다는 것을 의미하지.

철학책보다 더 철학적인 『햄릿』

　　문학과 철학은 둘일까요, 하나일까요? 문학과 철학은 둘이면서 하나이고 하나이면서 둘이에요. 문학과 철학은 방법이 다르긴 하지만 '삶이 무엇인지 탐구한다.'는 같은 목표를 가진 학문이기 때문이죠. 우리는 문학 작품 속에 들어 있는 철학적 이야기를 들을 때면 이러한 사실을 쉽게 이해할 수 있어요. 대표적인 예로 셰익스피어가 쓴 『햄릿』을 들 수 있어요.

> 사느냐, 죽느냐, 이것이 문제로다. 참혹한 운명의 화살을 맞고 마음속으로 참아야 하느냐, 아니면 성난 파도처럼 밀려오는 고난과 맞서 용감히 싸워 그것을 물리쳐야 하느냐. 어느 쪽이 더 고귀한 일일까?
>
> — 셰익스피어, 『햄릿』 중에서.

　　셰익스피어가 쓴 『햄릿』의 주인공 햄릿은 삶과 죽음에 대한 고민을 해요. 여기서 햄릿은 단순하게 죽을지 살지를 고민하는 것이 아니라 가혹한 운명에 맞서더라도 삶의 의미를 찾을 것인지 고민하고 있어요. 모든 인간은 선하면서도 악한 존재이고, 끝없이 삶과 죽음에 대한 고민을 가지고 살아가는 존재예요. 개인적인 욕구가 사회의 정의와 부딪치기도 하고 하고 싶은 것과 해야 하는 것이 달라서 고민하기도 하죠. 햄릿 역시 인간이 가지고 있는 이런 고민들은 가지고 있어요. 그의 고민은 인류가 오랜 세월 동안 정답을 찾고자 했던 철학적 문제들과 매우 유사해요.

　　12세기 덴마크를 배경으로 한 『햄릿』은 아버지를 죽이고 왕위에 오른 작은아버지에게 왕자 햄릿이 복수를 한다는 이야기예요. 하지만 이 과정

셰익스피어의 초상화.

에서 사랑하는 어머니와 연인이 죽고, 자신도 독이 묻은 칼에 치명상을 입어 죽게 된다는 줄거리를 가지고 있어요. 여러분도 『햄릿』을 읽고 나면 인간의 존재 의미, 삶과 죽음이 주는 의미에 대해 진지하게 고민하게 될 거예요.

우리는 고뇌하는 햄릿을 통해 사회의 질서가 어떤 의미를 가지고 있는지 깨닫게 돼요. 햄릿이 고민하고 깨달음을 얻어 나가는 과정을 통해 인간이 가지고 있는 문제를 다시 한 번 생각해 보게 되고, 우리가 가지고 있는 삶의 태도를 고치기도 하죠.

주인공 햄릿은 많은 고민을 가진 인물이에요.

햄릿은 극의 결말에서 세상의 모든 일을 신의 섭리로 인정하고 인생과 우주에 대한 새로운 통찰력을 얻는데, 우리도 그런 햄릿의 모습을 보면서 삶에 대한 깨달음을 얻게 돼요. 『햄릿』이라는 문학 작품을 읽고 겪는 이런 과정은 우리가 철학적 질문을 통해 삶의 의미를 고민하고 깨닫는 과정과 비슷하죠.

이처럼 문학과 철학은 형제 관계에 있다고 할 수 있어요. 서로 개성이 있고 분명히 다르지만 한 부모 밑에서 자란 형제 말이죠. 문학과 철학이 둘이면서 하나이고 하나이면서 둘인 이유가 여기에 있어요. 그렇기 때문에 우리는 문학과 철학이 완전히 다른 학문이라고 생각하기보다는, 삶이 무엇인지를 탐구하는 같은 목표를 가진 학문이라는 점을 기억해야 해요. 문학은 어려운 말을 쉽게 하지만 철학은 쉬운 말을 어렵게 할 뿐이라고 생각해 보는 것도 재미있지 않을까요?

2장 문학은 언어 예술의 결정체!

반 고흐의 〈열두 송이 해바라기〉.

해바라기의 비명
– 청년화가 L을 위하여

나의 무덤 앞에는 그 차거운 비(碑)돌을 세우지 말라.
나의 무덤 주위에는 그 노오란 해바라기를 심어 달라.
그리고 해바라기의 긴 줄거리 사이로 끝없는 보리밭을 보여 달라.
노오란 해바라기는 늘 태양같이 태양같이 하던 화려한 나의 사랑이라고 생각하라.
푸른 보리밭 사이로 하늘을 쏘는 노고지리가 있거든 아직도 날아오르는 나의 꿈이라고 생각하라.

비명(碑銘) : 비석에 새긴 글.

화자는 자신의 무덤에 차가운 비석을 세우지 말라고 하고 있어.

대신 무덤가에 해바라기를 심어 달라고 하지.

해바라기는 태양을 향하는 꽃이라고 생각되어서 열정적인 이미지를 갖고 있지.
그래서 이름이 해바라기, 영어 이름도 sunflower.
학명: Helianthus annuus

화가는 비록 땅 속에 묻히더라도 삶에 대한 의지를 포기하지 않겠다는 거야.
해바라기
=
태양
=
생명력

그러면서 풍성한 생명력을 상징하는 보리밭을 보여 달라고 소망하고 있어.

해바라기는 아직도 남아 있는 화자의 화려한 사랑으로,

하늘을 날아오르는 노고지리는 아직도 추구하고 있는 화자의 꿈으로 볼 수 있어.
'노고지리'는 종다리의 옛말이야.

시는 이렇게 시어의 상징적인 의미를 아는 것이 중요해.
이제 좀 이해가 되니?

여기서 잠깐 해바라기에 얽힌 신화를 살펴볼까?

그리스 신화에서 해바라기는 호수 속 님프(요정)와 태양신 아폴론과 관련있어.

바다의 신에게는 요정인 두 딸이 있었는데

이 요정들은 밤에는 물 밖에 나올 수 있지만, 낮에는 물속으로 돌아가야만 했어.
바다의 신
해 뜨기 전에는 집에 와야 한다!

그런데 어느 날 놀이에 열중하다가 그만
깔깔깔…
지금이 새벽 몇 신데
아직도 놀고 있어?

태양신 아폴론이 마차를 타고 오는 것을 알지 못했어.
아가씨들 비켜요!

그의 모습에 넋을 잃은 언니는
이랴!

동생을 모함해서 가두고
아빠, 큰일 났어요. 동생이 외박을….
뭐?

자기 혼자 아폴론을 기다렸지.
동생보다 뭐구

그런데 오랜 기다림 끝에 만난 아폴론은 언니를 비난했어.
동생을 모함했지?
이중 인격자!

너무도 서러웠던 언니는 죽어서 꽃이 되었는데

그 꽃이 바로 해바라기야.
아폴론!

난 1888년에 네 점의 해바라기 그림을 그렸어!

고흐는 고갱과의 불화 이후에 그에 대한 그리움을 해바라기로 표현했다고 말했어.
고갱이 내가 그린 해바라기 그림을 좋아했거든.
고갱이 그리워….
고갱(1848~1903)

고흐는 가난에 시달리면서도 해바라기의 노란색에 매료되었어.

"나는 외톨박이 화가입니다. 버림받은 인간입니다. 작열하는 태양마저도 저를 보고 외면합니다. 내 심장은 사랑과 열정으로 고동치지만 그 고동은 허공에 메아리치는 고독한 외침에 불과합니다. 이 세상의 모든 것이 저를 멸시하고 저에게서 떠나려 합니다."
이 글은 37세의 나이에 가난에 시달리다 죽은 고흐가 적은 글이야.
미안하구나, 테오.
형, 권총자살을 시도하다니….

그런데 지금 그의 그림은 수백억 원이나 한다니 놀랍지?
너무 가까이 오지 말라니까!

비참한 현실을 해바라기에 담아 극복해 보려던 그의 열정을 사람들이 사랑했기 때문일 거야.

그러면 함형수의 시는 고흐의 해바라기 그림과 어떤 연관성이 있을까? 고흐가 해바라기를 통해 열정을 표현했다면 함형수는 자신의 시에서 해바라기를 생명에 대한 사랑으로 바꾸어 놓았어.

해바라기가 고흐에게 자신의 그림 세계를 확립하는 계기가 됐다면,

함형수에게는 그의 사랑을 선언하는 계기를 마련해 주었지.

이렇게 해바라기는 사랑과 열정을 상징하여 그림으로도, 시로도 표현되는 거야.

그림과 시가 이렇게 연관성이 있다는 게 정말 놀랍지 않니?
우와!

이런 걸 전문적으로 연구하는 사람도 많아.
연관성!
뭐야 또 당신은...

국제 비교 문학회(ICLA)에서는 문학과 다른 분야를 비교하는 연구를 하는데,
ICLA
3년마다 학회를 개최하는데
2010년에는 서울에서 개최되었죠.

그중 가장 관심을 많이 받은 분야는 예술 분야야.
바로 이렇게
시와 그림을 비교 연구하는 거 말이야!

문학과 그림 또는 음악, 연극, 영화, 오페라, 건축, 비디오 아트, 매스미디어 등을 비교하는 거야.

이를 통해 문학과 예술의 경계를 허물고 연구 영역을 확장하려는 거지.
잠깐 비켜 주세요
문학
예술

또한 시와 그림이 영향을 주고받은 역사를 살펴보기도 해.
예술사

로마 시대의 시인 호라티우스와 영국 엘리자베스 여왕 시대의 필립 시드니는 이렇게 말했어.

그림과 마찬가지로 시도 가까이서 볼 때와 멀리서 볼 때의 효과가 다르지.
호라티우스
(BC 65 ~ BC 8)

시는 대상을 표상하고, 대응시키고, 비유하는 모방 예술이죠. 이런 점에서 시는 말하는 그림이라고 할 수 있죠!
필립 시드니
(1554 ~ 1586)

즉 많은 사람들이 시와 그림의 연관성을 말하고 있어.
이 친구 말이 통하는데?
저도요!

그런데 시와 그림은 비교할 때 중요한 건….

시인이 그림에 대해 얼마나 정확한 지식을 가지고 있느냐 하는 거야.

어떻게 그림의 주제를 시의 주제로 연결시킬 수 있을까?
정녕 그대는~ 나의 사랑을 받아 줄 수가 없나?
그대는 모나리자, 모나리자, 나를 슬프게 하네~.

어떻게 색채의 이미지를 언어의 이미지로 드러낼 수 있을까?
누런? 아냐. 노오란? 그래. 노오란 해바라기….
파란 보리밭? 아냐, 푸른이 더 좋겠다. 푸른 보리밭!

시인은 이런 질문에 대답할 수 있어야 하겠지.

이러한 시와 그림의 비교 연구는 문학과 예술의 비교 연구로 더욱 확대되고 있어.
문학을 공부하는 사람은 그림, 음악, 건축 등을 문학적으로 이해하고…
화가는 문학을 그림의 세계로…
음악가는 문학을 음악의 세계로…
건축가는 문학을 건축의 세계로 이해할 수 있어야 겠지!

그래야만 학문 간의 벽이 허물어지고 새롭고 창조적인 예술이 탄생할 수 있는 거야.

그럼
우린 뭐야?
우리도
언어로 되어 있는데.
정확한 설명이
아니잖아!
철학
역사
정치학
수학
과학

탁

물론 인문학이나 자연과학도 언어를 수단으로 삼고 있지!
경제학

하지만 수학이나 과학의 언어는 정확한 개념과 내용을 전달하는데 중점을 두잖아.
2 × 3 =
6

이런 언어는 하나의 단어가 하나의 뜻만 나타내기 때문에 의미의 혼동이 없어.
그런데 난…
왜 이리 헷갈리지?
경제학

하지만 문학의 언어는 달라.
어쩐지… 어려운 책을 본다 했더니…
수면제였어…
z…

문학의 언어는 개인적인 경험과 느낌을 바탕으로 하기 때문에 복잡하고 다양한 의미를 포함하지.
뭔가 사연이 있군!
휴~ 낙엽이라….

여기에 일상 언어와는 다른 문학 언어만의 특징이 있는 거야.
낙엽이여!
왜 저래?

우선 문학의 언어는 정서적인 언어야.
난 떨어지는 걸 보면 슬퍼!

정서는 감정과 비슷한 말로
자연과 삶 속에서 경험하게 되는 느낌들을 말해.
떨어진다는 건
사라진다는 뜻이니까.

문학의 언어는 사람이 살아가면서 겪게 되는
다양한 경험에서 생겨나는 정서를 표현하지.
낙엽도
성적도
주식도….
슬퍼!
떨어지는 건
싫어!

그리고 문학의 언어는 구체적인 언어야.
우리가 경험하는 사물이나 대상에 대한 느낌을 표현하기 때문이지.
해바라기…
열정과
사랑의…

시인은 언어의 음악성을 살려
운율과 리듬감을 표현하기도 하고,

언어의 상징성을 통해
자신의 정서를 표현하기도 하지!
비둘기?
평화의
상징!

또한 소설가는 사실적인 묘사를
사용해서 사건을 전개하기도 하고
탁 탁
타닥
탁
타닥
…

문체를 통해 긴장감과
극적 효과를 높이기도 해.
흥미
진진

마지막으로 문학의 언어는
함축적이야.

문학의 언어는 여러 가지 다양한 방법으로 우리의 풍부한 상상력을 자극하고,
창의적인 사고력을 높여 주지.
문학
비유
상징
생략
비약

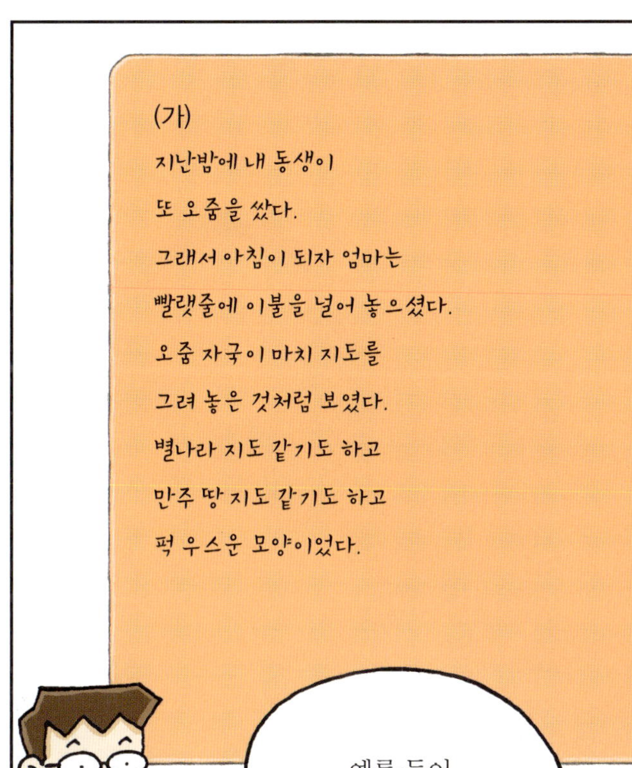

(가)
지난밤에 내 동생이
또 오줌을 쌌다.
그래서 아침이 되자 엄마는
빨랫줄에 이불을 널어 놓으셨다.
오줌 자국이 마치 지도를
그려 놓은 것처럼 보였다.
별나라 지도 같기도 하고
만주 땅 지도 같기도 하고
퍽 우스운 모양이었다.

(나)
빨랫줄에 걸어 논
요에다 그린 지도
지난밤에 내 동생
오줌 싸 그린 지도

꿈에 가 본 엄마 계신
별나라 지돈가?
돈 벌러 간 아빠 계신
만주 땅 지돈가?

예를 들어
설명해 볼까?

(가)는 일상생활에서 우리가 접하는
언어를 사용해서

동생이 오줌을 싼 상황을
자연스럽게 나타내고 있어.

(나)는 비슷한 내용이지만
(가)와는 뭔가 다르지 않아?

(나)는 사실 윤동주 시인이 쓴
동시야.

(가)의 상황을 좀 더
문학적으로
표현한 거지.

하지만 동생이 오줌을 싼 이야기보다는
이불에
그려진
오줌
자국을
묘사하는 데
중점을
두고 있어.

2연에서는 당연해 보이는 것에 질문을 던짐으로써 일제 치하의 상황을 드러낸다고 할 수 있지.

짧은 동시이지만 일제시대에 우리 민족이 겪어야 했던 불행을 어린 화자를 통해 보여 주고 있는 작품이라고 할 수 있어.

미술의 색과 모양이나 음악의 음표와는 달리 언어는 우리 생활과 매우 가까이 있어.
멋진데.

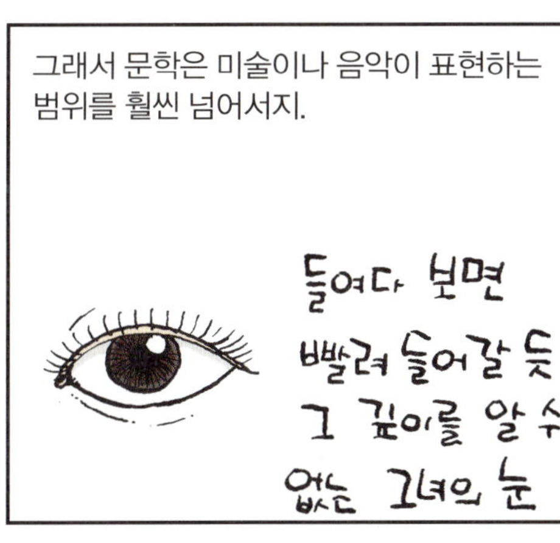

그래서 문학은 미술이나 음악이 표현하는 범위를 훨씬 넘어서지.
들여다 보면
빨려 들어갈 듯
그 깊이를 알 수
없는 그녀의 눈

감정의 표현만이 아니라
소설
희곡
수필
시

지식을 가르쳐 주고 사상을 전달하며 교훈을 줄 수도 있지.
역사
철학
과학
법률
도덕
종교
…

어때?
이제 문학이 무엇인지 좀 이해가 되었니?
문학과
다른 예술의
차이!

그럼….

문학과 문학이 아닌 것의
차이는 뭘까?

언어로 쓰였다고 모두 문학이 되는 건 아니야.
내가 쓰면… 그냥 낙서

물론 문학을 위한 언어가 따로 존재하는 것도 아니야.
뭔 소리야?

사실은 누구나 사용하는 일상 언어를 정교하게 다듬고
일상 언어

독창적인 생명을 불어 넣을 때 비로소 문학 언어가 되는 거야. 그리고 이런 일을 전문적으로 하는 사람들이 문학가인 거지.
문학
카프카
어니스트 헤밍웨이
도스토옙스키
루쉰
셰익스피어
빅토르 위고
톨스토이
박경리
헤르만 헤세
에밀리 브론테
T. S. 엘리엇

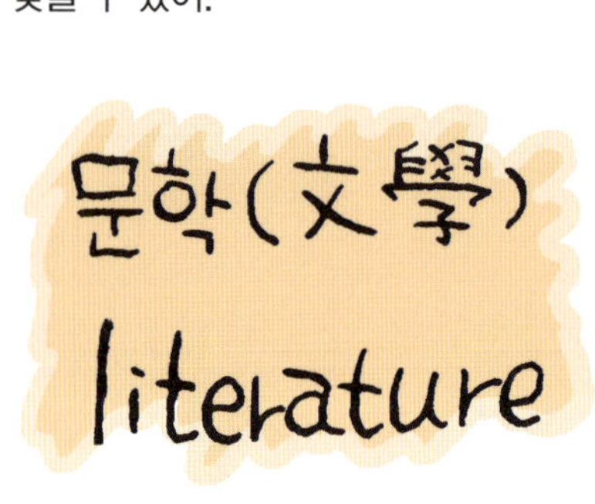
문학의 어원을 한번 알아볼까?

문학이라는 말의 기원은 영어에서 찾을 수 있어.
문학(文學)
literature
이 말은 기록을 의미하는 라틴어 'litteratura'에서 나왔는데
ROMA

이 말의 뿌리인 'littera'는 문자라는 뜻이고
A

복수형 'litterae'는 알파벳을 뜻해.
A B C D E F
G H I J
M N O
S T U X

결국 기록이란, 사라지지 않는 점토나 나무, 돌, 종이 위에
Le 20 Juin
brasser
défilent

체계화된 언어를 새기는 것을 말하지.
문학은 어려워!!

그런 점에서 글로 쓰인 모든 것은 문학이라고 정의할 수 있겠지.
사실 서양에서도
철학, 역사, 과학 등을 다룬 책까지 문학사에서 거론하기도 했어.

하지만 시간이 흐르면서 문학이라는 말의 의미는 범위가 좁아져서
감동이! 없잖아!
유클리드 기하학

현재는 시, 소설, 수필, 희곡 등 순문학만을 가리키게 되었지!

고대 그리스로 가 보자!
문학은 고대 그리스에서부터 여러 장르로 나뉘었어!

먼저 시와 희곡이 발달했어.
호메로스
사포
소포클레스
아리스토파네스

기원전 5세기 무렵의 시와 희곡에서

철학, 윤리, 역사 등의 산문이 생겨났고

중세에 이르러서는 로맨스나 우화 등 서민적인 이야기 문학이 번성했지.
그 뒤 18세기에는 전통적인 희극이나 비극 대신 드라마가 생겨났고,
17C 프랑스
클레브 공작 부인
-라파예트
영국
파멜라
-리처드슨
더 나아가 이러한 모든 장르를 아우를 수 있는 소설이 탄생한 거야.

휴…!
숨차다!
자, 그럼….

다시 원래 질문으로 돌아가 볼까?
?

우리는 문학과 문학이 아닌 것을 어떻게 구별할 수 있을까?
누구냐, 넌?
직접 읽어 보셔!

이 능력은 사실

어렸을 때 어머니에게서 들은 동화나

교과서 속의 문학 작품을 통해 키워졌어.
이상한 나라의 앨리스, 강아지똥
엄마는 삐삐 나의 라임오렌지나무

우리는 그것이 훌륭한 문학 작품인지 알지도 못한 채
내가 쓴 책을 읽는구나!
누구세요?
바보 이반

동서고금의 우수한 작품들을 읽어 왔던 거야.
난 '톨스토이'란다.
와!!
찰칵!

어렸을 때부터 미술 작품을 접해 온 사람에게 저절로 안목이 생기는 것처럼
고흐 아저씨 그림 좋아요!
고맙다!

훌륭한 문학 작품을 많이 접하고 나면
문학과 문학이 아닌 글이 어떻게 다른지 쉽게 알게 되지.
우리의 상상력을 키워 주고 감성을 풍부하게 해 주고 교양을 완성시켜 주지.
또, 문학은 과거에 속하면서 항상 현재에 영향을 미치고

너무 거창한 얘긴가?

아냐, 일단 읽어 봐!
날! 믿어!
우우…

마음의 보물을 발견하게 될 거야!
그럼 난 계속 읽어야 하니 이만…

『데미안』이 음악적으로 쓴 문학 작품이라고?

인간은 자신의 감정을 다른 사람에게 전하고 싶은 욕구를 가지고 있고, 이에 따라 자연스럽게 언어가 발달하게 되었어요. 언어가 발달하면서 인간의 문명도 빠르게 발전하게 되었고 인간의 지적 수준도 함께 발전하게 되었죠. 마찬가지로 문자를 통해 자신의 감정을 표현하면서 시가 나타났고 이것이 형식을 가지게 되면서 음악이 되었다는 것이 일반적인 생각이에요. 이렇게 문학과 음악은 매우 밀접한 학문이에요. 그래서 문화를 만드는 중요한 요소인 두 분야를 함께 이해하고 인간의 감성을 느끼는 것은 매우 중요해요.

1946년에 노벨 문학상을 수상한 독일의 문학가 헤르만 헤세(Hermann Hesse, 1877~1966)는 다양한 예술 중에서 특히 음악에 관심을 갖고 자신의 작품에 음악을 활용하려고 했어요. 그의 창작 활동의 원동력이 '감성'에 있었기 때문이에요. 헤세는 언제나 마음 속 감정과 느낌을 중요하게 생각하면서 작품을 만들었어요. 그는 『데미안』『황야의 이리』『나르치스와 골드문트』『싯다르타』『유리알 유희』등 다양한 작품에 음악의 형식과 기법을 적용했어요. 이를 통해 음악과 문학이 다양하게 만날 수 있음을 보여 주었어요.

'에밀 싱클레어의 청춘 시절의 이야기'라는 부제가 붙은 『데미안』은 주인공 싱클레어가 어린 시절 이상과 현실 사이에서 방황하다가 성인이 되는 과정을 그린 성장 소설이에요. 헤세는 『데미안』을 총 3부로 만들었는데, 인간의 성장을 3단계로 나누어 주제 제시-전개-재현으로 나타나는 소나타 음악 3악장의 전개 과정과 맞추었어요. 그럼 소나타의 3악장과 『데미안』의 3부가 어떻게 어울리는지 살펴볼까요?

1946년 노벨 문학상을 수상한 헤르만 헤세.

이것만이 아니라 무려 2,000여 편에 이르는 헤세의 시들이 음악으로 다시 만들어져 헤세가 '가곡 시인'으로 불린다거나 그의 소설들이 '산문 음악'이라고 불리는 점 등은 헤세에게 있어서 문학과 음악의 관계가 매우 밀접하다는 것을 말해 줘요. 헤세의 작품 속에는 정신과 감각, 선과 악 등이 대립하는 인간의 마음이 자주 등장하는데, 그는 이런 대립을 화해시켜 주는 수단으로 음악을 이용했어요.

주인공 싱클레어의 성장을 다룬 소설 『데미안』.

헤세의 예에서 볼 수 있는 것처럼 문학과 음악은 별개의 것이 아니에요. 이 때문에 헤세 외에도 문학과 음악의 관계를 작품 속에 나타내려고 했던 작가들이 많이 있어요. 문학 또한 예술의 한 분야이기 때문에 음악, 미술, 무용 등 다양한 예술과 연관지어서 작품을 만들고 감상할 수 있는 것이죠. 이렇게 문학 작품을 만들고 감상해 볼 때 우리의 감수성과 상상력은 더욱 풍성해 질 수 있을 거예요.

3장 역사보다 더 진짜 같은 문학 이야기

삼고초려 : 인재를 맞아들이기 위해 참을성 있게 노력한다는 뜻.

아무래도 오랫동안 입에서 입으로
전해 온 민간 설화를 많이 덧붙이게
되었어.

그래서 역사적 사실과 전혀
관계없거나 과장된 이야기도
많이 포함된 거지.

그런데 과장이 많은 나관중의
『삼국지연의』가 왜 사람들에게
인기가 있는 걸까?

그건 재미있기 때문이야.

어렵고 지루하기만 한 역사책과는
달리 읽기 쉽고

현장감 넘치는 인물과
상황 묘사는 감동을 불러일으키지.

거기다 간간이 섞여 있는 과장과 허세는 이야기의 맛을 돋우어서,
독자들에게 마치 역사가 정말 그랬을 것 같은 착각을 일으키기도 하지.

혹시 영화 〈적벽대전〉 봤어?
적벽대전

영화 속에서는 조조의 100만 대군과 유비와 손권의 10만 연합군이 대결하지만

실제 역사 연구가들의 추정에 따르면
조조군은 100만이 아니라 15만이고
유비와 손권의 연합군은 10만이 아니라 5만 정도였대.

영화 속 장면처럼 어마어마한 대결은 아니었다는 말이지.
영화가 뻥이 심한데?
글쎄 말이야!

또 제갈공명이 동남풍을 부르는 이야기가 있는데,

이 이야기 역시 실제 역사서에는 없는 이야기라는군.
사람이 어떻게 바람의 방향을 바꾸고
미리 예측할 수 있겠어?
일기 예보도 없던 시대에..
하지만 이런 각색과 흐름을 통해 역사상 가장 드라마틱한
전투 장면을 그려 낼 수 있었지!

또 다른 예를
살펴볼까?

여포가 타던 최고의 명마 '적토마'는 여포가
죽은 후 관우가 이어받아 타는데
난
하루에 천 리를
달리지.

그 기간이 무려 60년이야.
쪼글
응?

말의 수명은
25년 정도인데
말이지.
골 골

나관중은 적토마와 같은 명마가
사라져 버리는 것이 안타까웠던
거야.
관우에게
딱인데…. 살리자!
좀
무리
아닐까요?

또 유비, 관우, 장비가 도원결의를 하며

생사를 함께할 것을 약속하는 부분은
완전히
지어낸 이야기야!
이럴 수가…
도원결의를
안 했어요?
그럴 듯 하지?

심지어 소설 속에서 죽은 사람의 숫자를 합하면 당시 중국 인구보다 많다는 우스갯소리도 있어.
5천 대군에
1백 명 전사…
이러면 시시하잖아!
할리우드
영화 같은 거야!
그래도 재미는
있정…
뻥쟁이!

삼국지는 촉나라의 건국 군주인 유비에 초점을 맞추는데, 유비는 망해가던 한나라 왕조를 되살리겠다는 전통적 가치를 따르는 인물이야.

주인공 유비와 악당 조조의 갈등을 분명하게 보여 주고 있어.

계륵이나 삼고초려 같은 말도
『삼국지』에서 등장 하는 말이야.

계륵(鷄肋) : 닭의 갈비. 큰 쓸모는 없으나
버리기 아까운 것.

삼고초려(三顧草廬) : 초가집을 세 번 찾아감.
인재를 맞아들이기 위해
참을성 있게 노력함.

그런데 마오쩌둥은 제갈공명이 이루지 못한 것을 자신이 이루겠다고 생각했대. 그래서 군대를 이끌고 옌안(延安)으로 들어갔는데, 후세의 역사가들이 이를 가리켜서 '서천'또는 '장정'이라고 불렀다는 이야기야.

재미있는 것은 소설 속의 한 인물에 불과한 관우가 영웅으로 대접받아
응?
내가?

조선 왕조에도 많은 영향을 끼쳤다는 사실이야.
내가 아시아 스타?
안동 관왕묘
관우상

중국에는 관우를 모신 사당이 30만 개래!
날 모신 사당은 3천 개인데….
쑥스럽습니다!
이놈의 인기는
공자

그럼 왜 관우라는 소설 속 인물이 중국인들에게 숭배의 대상이 된 걸까?

그건 중국의 역사적 상황과 밀접한 관련이 있어.
中國史

중국 송나라가 거란족의 요나라와 여진족의 금나라에 위협받던 12세기에
왜 이리 약골이야?
100전 100패
송
금

주희는 한족의 자긍심과 전통을 주장하는 성리학을 완성했어.
무극이태극
양동
음정
화
토
수
목
금
건도성남
곤도성녀
만물 화생
공자·맹자부터 훈고학을 거쳐 유학을 집대성한 거야!
주희(1130~1200)

그런데 주희가 성리학적 명분론으로 위촉오 삼국시대를 재평가하면서
유비가 건국한 촉한이 정통 왕조이다.
위나라는 정통 아님!

이게 바로 촉한 전통론이야.
응?
따라서 유비에게 충성을 다한 관우가 더욱 높게 평가될 수밖에 없었지.

그런데 성리학을 국가 이념으로 삼았던 조선에서는 오히려 『삼국지』를 비판했어.
재미있게 읽었는데….
신 조광조 아뢰오~. 『삼국지』는 시정잡배나 읽을 만한 껄렁한 내용으로….

장비의 고함에 만 군이 달아났다고 한 말은 정사(正史)에는 보이지 아니하는데 『삼국지연의』에 있다고 하였습니다. 동승(董承)의 의대(衣帶) 속의 조서(詔書)라든가 적벽 싸움에서 이긴 것 등은 각각 괴상하고 허탄한 일과 근거 없는 말로 부연하여 만든 것입니다.
— 『조선왕조실록』 선조 2년 중에서.
많은 사람들이 소설을 사실 그대로 받아들이고 역사와 혼동한 점이 문제였던 거야.
그때 제갈 공명이—.
와—.
!

하지만 임진왜란 이후 관우는 숙종에 의해 재평가되는데
감동이야.
짱~
숙종

숙종은 관왕묘(동묘)에 제사를 지내고,
시문을 짓기까지 했단다.
평소에 내가 수정공을 사모함은 절의와 정충이 만고에 높아서이네. 광복에 마음 쓰다 몸이 먼저 갔기에 천추토록 열사들 가슴에 눈물 그득하네.

관왕묘 : 관우를 모신 사당.

국가와 왕실의 안녕을 기원하고 신하들의 충의를 강조하기 위해서였지.
영조, 정조 대에는 관왕묘 제사가 정식 국가 의례가 되었어.
그러니까 관우처럼 충성을 다하라는 말이다!

이처럼 일개 소설이 시대 상황과 맞물려 사람들에게 깊은 인상을 심어 줄 수도 있고

왕권 강화를 위해 정치적으로 이용되기도 하는 걸 볼 때….

소설을 단순히 허구적이고 개인적인 창작물로 볼 수만은 없게 되지.

그럼 이제 소설이 무엇인지 알아볼까?

소설은 문학의 갈래 중에서 인간의 삶에 가장 많은 관심을 기울이는 문학 양식이야.

우리가 소설을 읽고 감동을 받는 것도

사람들이 살아가는 다양하고 구체적인 모습을

간접적으로 체험할 수 있기 때문이지.
탁

소설(小說)은 원래 '세상을 떠돌아다니는 사소한 이야기'라는 의미에서 출발했어.

NOVUS : 짧고 참신한 이야기라는 뜻.

인간성을 탐구하고 인간이 무엇인지를
구체적으로 추구함으로써

독자들에게 재미와 감동을 선사하는 거지.

그런데 작가에 의해 창조된
허구의 세계는 그저 아무렇게나
만든 세계는 아니야.

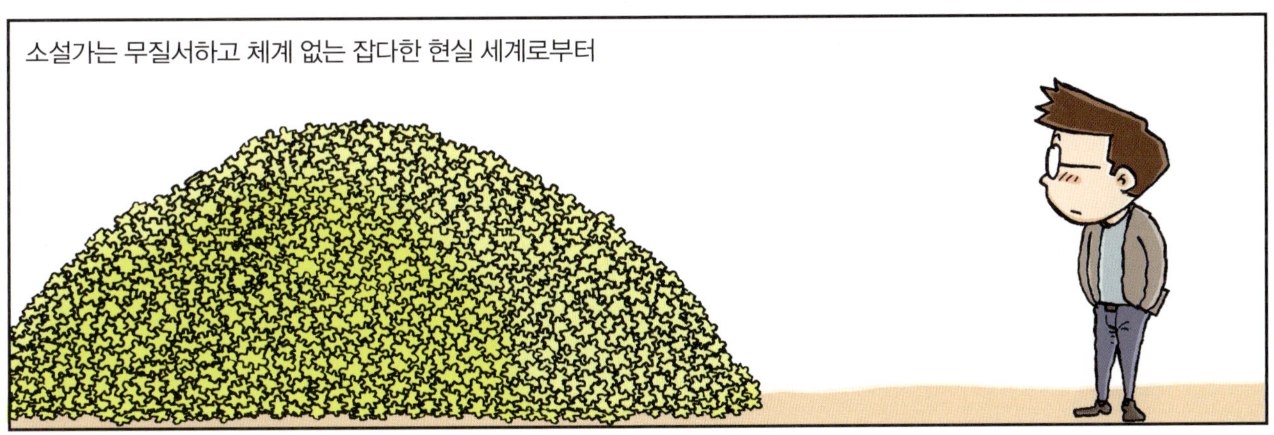

소설가는 무질서하고 체계 없는 잡다한 현실 세계로부터

질서 있고 일관성 있는 하나의 세계를 창조하는데

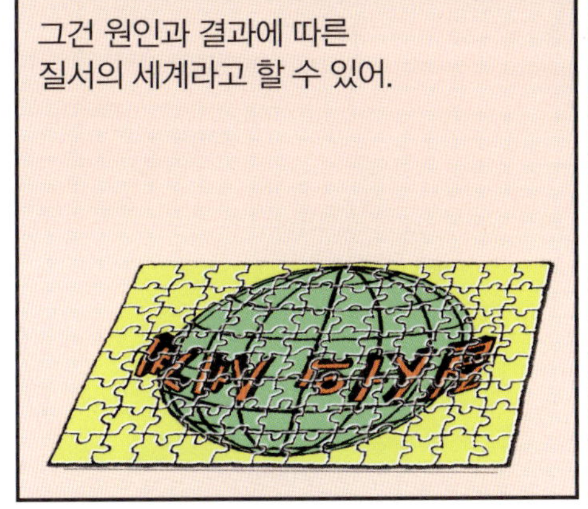

그건 원인과 결과에 따른
질서의 세계라고 할 수 있어.

결국 소설은 현실이나 역사를 모방하거나 반영하면서도
소설의 독특한 문학적 기법을 통해 새로운 질서의 세계를
창조한다는 말이야!
질서의 세계
좀 어렵지?

머리는 낙타, 뿔은 사슴, 눈은 토끼, 귀는 암소, 목은 뱀,
배는 개구리, 비늘은 잉어, 발톱은 매, 발바닥은 범을 닮았다고 하는데
용은 바로 현실의 동물들을 섞어 놓은 거야!

결국 소설은 우리들의 삶을 근거로 한 인생 이야기이며 현실적 체험의 폭을 넓혀 주는 역할을 하지.

소설 속에 나타난 이야기가 어떤 성격을 가진 것인가를 느낄 수 있어야 해.

현실의 삶은 매우 다양한 측면들로 이루어져 있기 때문에

다양한 소설의 세계를 자신의 것으로 소화하는 과정에서

비로소 소설 속 이야기가 말하고 있는 현실의 의미를 깨닫게 되는 거야.

소설은 비록 허구이지만 결국 인생의 진실과 참모습을 추구하는 거야.

그래서 소설을 읽으면 사회에 대한 성숙한 관점을 가질 수 있지.

어때? 그냥 재미로 읽던 소설이 결코 단순하지 않은 걸 알겠지?

플라톤은 『국가』란 저서에서 '시인 추방론'을 주장했어.

1장에서 잠깐 봤지?

시인들은 사회에 도움이 안 된다고!

사람들 눈을 흐려!

플라톤은 '생산자'를 세 가지로 나누었는데
첫 번째는 '본질 형상자'야. 본질이라고 할 수 있는 이데아(idea)를 만드는 사람이지.
두 번째는 '제작자'야 새로운 사물을 만드는 사람들이지.
마지막이 '모방자'인데, 바로 예술가들이야!
나 같은 철학자야
예를 들어 목수
시인…

이데아를 모방한 게 현실인데 그걸 또 모방해서 예술 작품을 만들면…
자꾸 이데아에서 멀어지잖아!
그러니까 예술가들을 추방시켜야 해!
이데아 → 현실 → 예술 작품
정의 사회 구현

하지만 그의 제자 아리스토텔레스는 이러한 생각에 대해 반박했어.
저는 그렇게 생각하지 않습니다.
모방은 나쁜 게 아니죠.
뭣이?

예술의 본질은
혼란스러운 일들을 질서정연하게 꾸며서 조화를 만들고 의미를 부여하는 것이지!
『삼국지』를 통해 본 역사가 재미있었듯이 말이야!
즐겁고 창조적인 일이야!
삼국지 ① 도원결의

역사 드라마는 진짜 역사가 아니야!

많은 사람들에게 인기를 얻은 드라마 〈선덕여왕〉은 신라 시대의 제27대 왕인 선덕여왕의 이야기를 그렸어요. 드라마에서 천명과 덕만은 진평왕의 쌍둥이 자매로 태어나요. 하지만 왕실에 전해 내려오는 예언 때문에 동생 덕만은 궁녀에게 맡겨져 궁을 빠져나가게 돼요. 중앙아시아의 타클라마칸 사막까지 피신해 궁녀의 손에 자란 덕만은 출생의 비밀을 알고자 다시 신라로 돌아오게 되고, 자신이 공주라는 사실을 알게 되죠. 하지만 이미 신라의 실권을 장악한 채 왕위를 노리던 미실 세력은 덕만이 장애물이 될 거라고 생각해서 덕만을 죽이려고 해요. 언니 천명은 미실 세력에 의해 죽임을 당하지만 덕만은 미실 세력의 음모에 맞서 싸워 승리하게 돼요. 그리고 마침내 덕만이 왕위에 올라 선덕여왕이 된다는 것이 드라마 〈선덕여왕〉의 내용이에요.

하지만 드라마에서 나온 선덕여왕의 이야기는 역사적 사실과는 많이 달라요. 고려 시대에 기록된 『삼국사기』와 신라 시대에 기록된 것으로 추정되는 『화랑세기』에는 선덕여왕과 천명공주에 대해서 다음과 같은 내용이 나오기 때문이에요.

> 선덕왕이 즉위하니 이름은 덕만, 진평왕의 장녀다. 어머니는 김씨, 마야 부인이다. 덕만의 성품은 어질고 총명하였으며, 진평왕이 돌아가고 아들이 없으니 사람들이 덕만을 세워 성조황고(聖祖皇姑)라는 호를 올렸다.
>
> — 김부식, 『삼국사기』 중에서.

드라마 〈선덕여왕〉의 포스터. © MBC & iMBC.

『삼국사기』에는 덕만이 장녀라는 하고, 『화랑세기』에는 천명이 죽지 않고 스스로 덕만에게 지위를 양보했다고 나와 있죠? 이처럼 드라마에서 그려지는 모습은 실제 역사와 다른 경우가 많아요. 모든 드라마는 허구이므로 우리는 〈선덕여왕〉 〈주몽〉 〈대조영〉 〈태왕사신기〉와 같은 역사 드라마를 볼 때에도 그 내용이 실제 역사적 사실과 얼마나 일치하는지를 반드시 따져 봐야 해요.

역사 드라마는 과거의 역사적 사건들을 소재로 우리들에게 교훈과 의미를 전해 주고 있다는 점에서는 의의가 있어요. 상상력을 가지고 우리가 가지고 있는 관심과 과거 역사를 연결하여 오늘의 지혜를 구하는 것은 역사가 가지고 있는 또 다른 의미가 될 수 있기 때문이죠. 그렇다고 역사 드라마가 역사적 사실을 왜곡하는 것을 당연하게 생각해서도 안 돼요. 기록에 생략되어 있는 부분을 상상력으로 채울 수는 있지만 역사적 사실을 마음대로 바꾸는 것은 앞으로의 미래를 열어갈 청소년들에게 잘못된 사실을 심어 줄 수도 있기 때문이에요. 여러분도 역사 드라마에서 나온 이야기가 실제 역사인지 꼭 확인해 보세요!

고려 시대에 김부식이 쓴 역사서 『삼국사기』.

4장 시인은 정치가다?

『용비어천가』라는 제목은 '용이 날아 하늘을 거느린 노래'라는 뜻이야.

용비어천가
龍飛御天歌

용 용/날 비/거느릴 어/하늘 천/노래 가

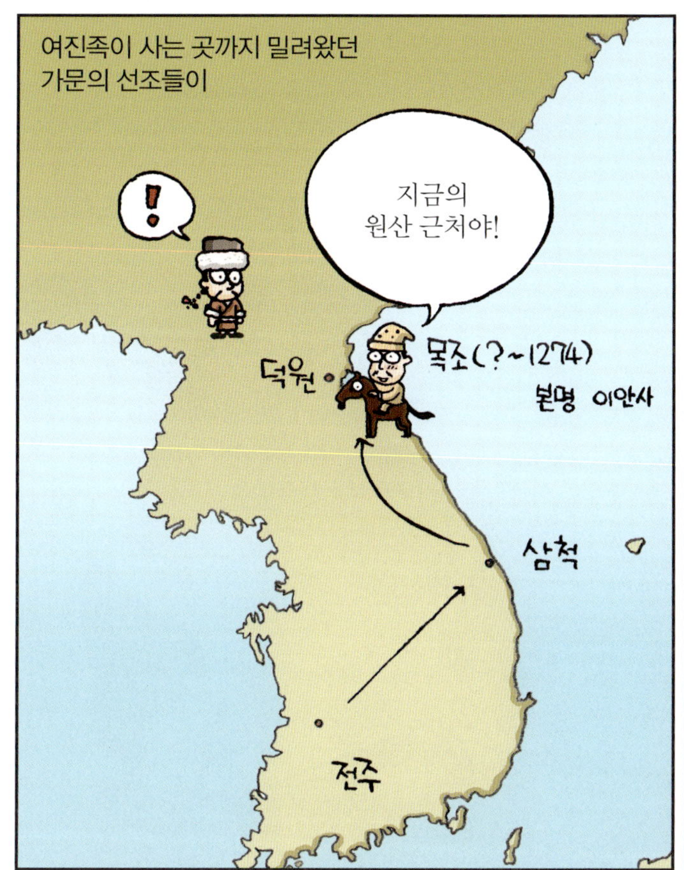

다루가치 : 원나라가 고려의 점령 지역에 두었던 벼슬.

『용비어천가』도 유교적 통치 이념이 강조되던 조선 초기에
나라의 뿌리를 튼튼하게 해야 하오!
물론이죠!

문학적 설득력을 통해 조선 건국이 정당하다고 알리고, 민심을 장악하기 위해 만들어진 거야.
대한 뉴우스
용비어천가가 이런 거구나!

총 125장으로 구성된 『용비어천가』 중에서

제110장부터 제125장은 작품의 결론이자 후대 임금에게 당부하는 말이야.
안녕!

지도자가 지켜야 할 행동 규범을 제시하고 있는데
태만하면 안 되고
사치하면 안 되고
교만하지 말고
간사하면 안 되고
백성 괴롭히지 말고!
옛!

이른바 '정치적 시'라고 할 수 있어.
시와 노래로 외우면 더 쉽습니다!
돕돕는 우리땅

이처럼 조선 개국 초에 널리 불린 악장은 새 왕조 건국을 찬양하는 문학이었어.

선비들은 악장뿐만 아니라 시조와 가사의 작사자로도 활동했는데
내 버디 몇 치나 ᄒᆞ니 수석(水石)과 송죽(松竹)이라
– '오우가' 중에서.
우난 거시 벽구기가 프른 거시 버들숩가
– '어부사시사' 중에서.
고산 윤선도 (1587~ 1671)

이는 선비 계층이 문학의 중심에 있었음을 의미하지.
강호애 병이 깁퍼 듁림의 누엇더니 관동 팔백니에 방면을 맛디시니
– '관동별곡' 중에서.
송강 정철 (1536~1593)

그런데 이런 특성은 조선시대에만 해당하는 것이 아니야.

신라의 향가는 지식인 계층의 작가들에 의해 쓰였는데
주로 승려나 화랑이 지었지.
우리가 바로 당대의 지식인이었어.

그들은 향가를 통해 당시의 가치와 미의식을 표현했던 거야.
스승님!
지나간 봄이 그리워서 모든 것 울며 시름에 잠기는구나
– 득오, '모죽지랑가' 중에서.

고려시대에도 문학의 작가는 주로 선비였고
중국의 영향으로
한문학이 융성했지!

고려 후기에 시작된 시조도 조선 후기까지 그 작가가 대부분 사대부와 양반이었지.
이런들 어떠하리 저런들 어떠하리.
이 몸이 죽고 죽어….
결국 시조는 양반 문학의 중심 장르가 되었지!

결국 시대를 초월해서 시를 만드는 사람들이
정치, 문화의 중심 세력이었다는 말이야.

우리 시인들은 지식을
생산하는 주체이고

문화를 선도하는
정치적 엘리트였어!

한시

시조

하이쿠

우리나라뿐 아니라
중국과 일본도

지식인은 대부분
시인이었어.

그 당시 문인들은 사회 정치적 지배자가
되려는 욕구를 가지고 있었는데

論語

大學

孟子

詩經

문학은 그런 욕구를 이루는 데
가장 필요했던 거야!

임금에
충성하고,
부모에
효도하고….

맘에 꼭
드는데!

그럼 문학은 정치적 엘리트를
위한 통치 수단에 불과했을까?

용비
어천가

물론 문학 작품이 당대 지배자들의
힘을 강화하는 경우도 있었지만

공부를
열심히
했더니…

사실 많은 작품들이
당시의 시대 현실을 비판했어.

세상이 잘못
되었다는 게
보이는걸!

허균의 『홍길동전』은 서자가 왕이
될 수 있다는 가능성을 드러냈고

홍길동전

아버지를
아버지라
부르지
못하고….

연암 박지원의 소설들은 백성들의 이야기로 동시대의 가치관을 뿌리째 흔들었지.
사회 비판!
부패 폭로!
양반 풍자!
미신 타파!
자기도 양반이면서…
우상전
허생전
양반전
김신선전
민옹전

개화기 때도 작가들은 새로운 개화문물을 수용한 개혁적 지식인들이었고
이인직
이해조
최남선
이광수

이들이 추구했던 계몽사상은 이전 시대를 무너뜨리는 새로운 이념이었어.
새로운 세상이 오고 있소!
계몽
구습 타파
신문물 도입
신분제 철폐
저… 저런 위험한 생각을…

이 때문에 플라톤이 이렇게 주장한 건지도 모르지.
이상적인 국가에 시인은 필요가 없어!
시인은 모두 추방 시켜야 해!

그는 시가 현실에 유용하지 않기 때문에 불필요하다고 했지만
쓸데없이 사람들을 울리고 웃기고 들뜨게 만들지!

사실은
진리나 도덕을 위험하게 만들지!
신을 비웃고
특히 젊은이들에게 위험해~.

문학이 국가 지배 이념을 비판할 가능성이 있었기 때문에 부정했던 거야.
특히 시는 모든 예술 중 최악이야!
정치 이념과 다른 입장을 언어로 형상화한 시는 강한 생명력을 지녔지!
와직

이렇듯 문학을 하는 작가들은 단순히 문학만 한 것이 아니라

세상을 새롭게 바꾸려는 실험도 했다고 볼 수 있어.

사실 문학이 동시대의 지배 이념과

서로 다른 이야기를 한다는 자체가 정치적이라고 할 수 있지.

그건 기존의 가치에 대한 거역이면서

동시에 새로운 시대적 가치 추구라고 볼 수 있거든.

결국 문학이 정치와도 밀접한 상관 관계를 가질 수밖에 없다는 말이야.
문 학

그렇다면 오늘날 시인들은 어떻게 인식되고 있을까?

일반적으로 시인의 인상은 이렇지.
헝클어진 머리
도수 높은 안경
굽은 등
수척한 얼굴
하얀 피부와 덜 깎인 수염
근육이 느껴지지 않는 팔다리

세속적인 것에 구애받지 않아 낭만적으로 보이기도 하고
돈? 그건 인생의 먼지 같은 거야!

세상에 잘 적응하지 못해 가난하지만 고상해 보이기도 하고,
돈이 없어도 얼마든지 행복할 수 있지!

우아하게 예술적 아름다움만을 추구하는 사람으로 인식되기도 하지.
이 단풍잎보다 치열하고 처절하게 아름다움을 노래할 수 있을까?
왜 이런 이미지가 생긴 걸까?

채석강에서 술 마시다 강물에 비친 달을 따겠다고 물에 뛰어들어 죽었다는 이태백!
이태백(701~762)
평생을 기인처럼 살다 간 천상병(1930~1993)
귀천 …
나 하늘로 돌아가리라.
아름다운 이 세상 소풍 끝나는 날
가서 아름다웠더라고 말하리라
황진이 묘 앞에서 그녀를 추모하는 시를 썼다가 관직을 잃은 임제
저 양반 큰일 났다!
청초 우거진 골에 자는가 누웠는가…
임제(1549~1587)
이런 시인들의 일화 때문이겠지!

반면에 시인은 특수한 시대적 상황과 관련해서 인식되기도 해.
뒤틀린 역사

일제의 압제에 굴하지 않고 조국의 광복을 꿈꿨던 시인이자 독립 투사들 말이야!
한용운
이육사
윤동주

이런 이미지는 1970~1980년대 군사 독재 정권에서도 나타났어.
박정희
통장
전두환

김지하나 김남주 같은 시인들이 이런 예에 해당하지.
김지하
김남주

그들은 불의의 시대에 저항했거든.
오윤의 판화를 옮겨 그림

이처럼 순수한 예술가로서만 아니라

치열하게 현실에 참여하는 사람으로 평가받는 시인도 있어.
민족시인 故 김남주 선생 민주사회장

눈은 살아 있다.
떨어진 눈은 살아 있다.
마당 위에 떨어진 눈은 살아 있다.

기침을 하자.
젊은 시인이여 기침을 하자.
눈 위에 대고 기침을 하자.
눈더러 보라고 마음 놓고 마음 놓고
기침을 하자.

눈은 살아 있다.
죽음을 잊어버린 영혼과 육체를 위하여
눈은 새벽이 지나도록 살아 있다.

기침을 하자.
젊은 시인이여 기침을 하자.
눈을 바라보며
밤새도록 고인 가슴의 가래라도
마음껏 뱉자.

― 김수영, 「눈」

자, 그럼 다른 시를 한 편 볼까?

이 시는 김수영 시인의 대표작이야.
김수영 (1921~1968)

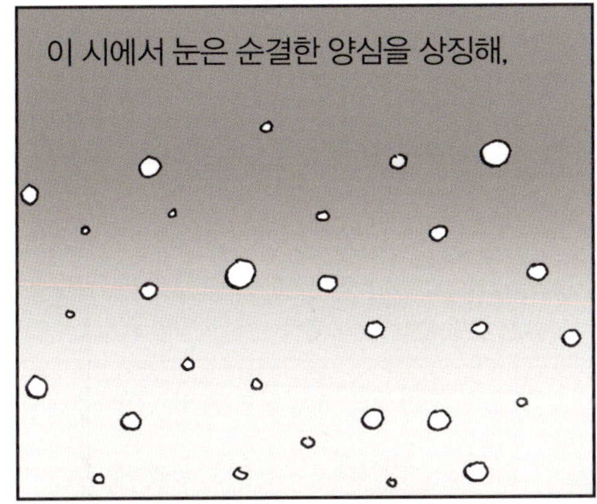

이 시에서 눈은 순결한 양심을 상징해,

그것은 일상의 억압 속에서 사는 시인에게 반성의 계기를 제공하지.

반면에 기침은 눈과 대립되는 개념이야.
콜록
콜록

부패한 현실 속에서 화자 내면에 숨어 있는 불순함을 상징하지.

결국 기침을 한다는 건
마음 속에 맺힌 불순물…
다 나가라!
콜록
콜록

그런데 이 작품의 큰 가치는 절묘한 반복에에 있어.

두 마디의 반복을 중심으로
눈은 살아있다
젊은 시인이여 기침을 하자
눈은 살아있다
젊은 시인이여 기침을 하자

시적 운율을 형성하면서 주제 의식을 보다 설득력 있게 드러내지.
음악을 듣는 듯해!

이처럼 시에서는 언어의 운율을 중시하는데 이는 시적인 느낌을 강화하는 데 매우 효과적이야.

같은 뜻이라도 소리에 규칙성이 있을 때,
자꾸 그렇게 딴 짓만 하고 공부 안 하면 엄마도 할 수 없어. 어쩔까? 그래, 컴퓨터 치우라고 아빠한테 이를까?
주절
주절
짓

의미를 더욱 인상적으로 전달할 수 있거든.
공부를 해~Yo!
아님 컴퓨터를 치울 테니~.
공부를 해~ Yo!
그럼 용돈을 올릴 테니~.

이 시에도 반복된 시행이나 시구 들이
기침을 하자, 젊은 시인이여. 기침을 하자!
콜록

시적 긴장감을 불러 일으키고 있어.
내용의 의미를 강조하는 기능을 하지.
눈 위에 대고 기침을 하자!
콜록 콜록

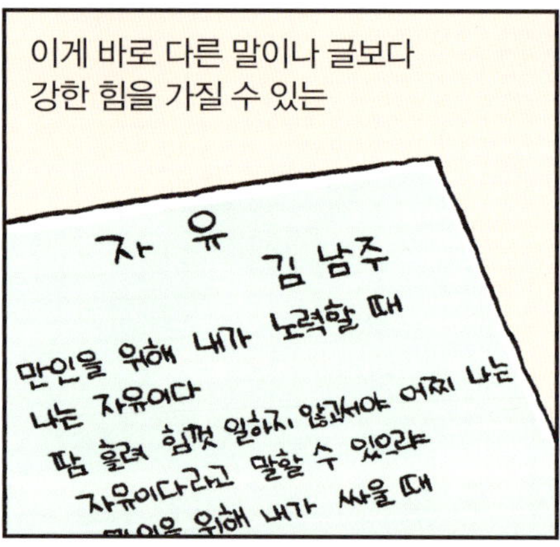

이게 바로 다른 말이나 글보다 강한 힘을 가질 수 있는
자 유
김 남주
만인을 위해 내가 노력할 때
나는 자유이다
땀 흘려 힘껏 일하지 않고서야 어찌 나는
자유이다라고 말할 수 있으랴
만인을 위해 내가 싸울 때

시의 힘이고
만인을 위해 내가 일할 때 나는 자유, 자유.

시의 정치성이야.
어찌 나는 자유다라고 노래할 수 있으랴

그런데 김수영의 시에서

기침을 하라는 말을 듣는 사람은 젊은 시인이야!
내가 아니고?
콜록

하고 많은 사람 중에 왜 굳이 시인일까?
응?
하고 많은 생물 중에 왜 굳이 사람일까?
다시 등장

왜 늙은 시인이 아니고 젊은 시인일까?
저, 나이가….
주민등록증 좀…
예?

젊은 시인은 시적 화자이면서 작가 자신이기도 하지.
김수영은 암울했던 1960년대에 시를 통해 민주화 운동에 참여하고 자신의 의지를 표현한 시인이야.

한번 정정당당하게
붙잡혀간 소설가를 위해서
언론의 자유를 요구하고 월남파병에 반대하는
자유를 이행하지 못하고
20원을 받으러 세 번씩 네 번씩
찾아오는 야경꾼들만 증오하고 있는가

– 김수영, '어느 날 고궁을 나오면서' 중에서.

그럼 자기 원고료는 어쩐대?
설마 제 돈을 제가 떼어 먹겠어?
하하하
…

그런데 요즘 경무대는 어떻게 돌아가는 거야?

다음에도 대통령 선거에 나오시나?
죽을 때까지 해 먹겠지!

경무대 : 청와대의 전 이름.

개헌도 사사오입으로 하는데 뭔들 못 하겠어!
탁

이 나라에서 자유당 놈들하고 이승만이 사라지지 않으면 미래는 없어!

김 형, 그만 하지. 남들 보는 눈도 있고….
뭘 그만해?

아니, 자유 국가에서
욕도 내 맘대로 못한다는 말이요?

글쎄, 김 형 말이 도가 지나치니까 하는 말이지!
뭐?
도가 지나쳐?

그럼 독재나 일삼는 이 썩어 빠진 정부와 늙은 독재자를 빼놓고

불쌍하고 힘없는 문인들 험담이나 해서 쓰겠어?
아니, 그게….

당신의 시가 예술 지상주의 냄새가 나는 건 그 지나친 조심성 때문이오!
소심하기는…
뭐, 뭐야?

이게, 말이면 다야?
와장창

오냐, 이 비겁한 놈!
진고개 집
쾅
쨍그랑
이게 그래도!

김수영의 시와 정치에 대한 생각을 잘 보여 주는 일화야.
그만들 해!
넌 또 뭐야?
쾅 우당탕

김수영이 주장했던 참여문학은 현실과 역사에 관심을 가지고 적극적으로 정치에 개입할 것을 주장하는 문학을 가리켜.
문학
현실 세계로 내려 와!

참여를 주장하는 사람들은 문학의 의무를 중시하기 때문에 현실을 반영하는 문학 작품을 써야 한다고 주장하지.
문학은 민중이 따를 수 있는 인간형을 보여 주고 민중을 이끌어야 한다!
문학은 진정한 인간의 자유를 위한 투쟁의 선봉이어야 한다.
문학에는 사회 구조에의 깊은 통찰, 폭넓은 인간 파악, 시대에 대한 책임이 있어야 한다.
김우종
김수영
임중빈

너무나 당연한 주장 같지만
그럼요. 문학하는 사람도 사회의 일원이잖아요!

이는 큰 문제점을 내포하고 있어.
?
무슨?

사회 정치적 변동기에
××국에서 오늘 새벽 쿠데타가 발생하여….

특히 한 집단이
새로운 왕조가 들어섰으니….

새로운 이념을 바탕으로
왕조를 몰아내고 시민 정부가 들어섰으니….

새로운 정치 체제를
식민지가 되었으니….

만들려고 할 때
정권을 잡았으니….

문학이 정치에 이용될 수 있기 때문이야!
정치 이념 선전을 도와줘야겠어!
다른 예술처럼 사회적 책임을 져야지!
文學
딴소리하면 알지?
지금 예술 타령을 하고 있을 때가 아니잖아!

해방 후 북한에서 공산 정권을 수립하려던 정치가들은 문학을 이용했고
인민들을 공산주의에 열광하게 해야 하오.

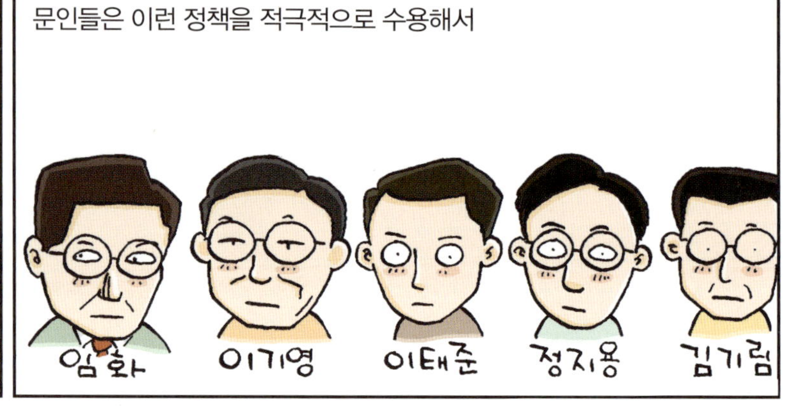

문인들은 이런 정책을 적극적으로 수용해서
임화
이기영
이태준
정지용
김기림

프롤레타리아 : 자본주의 사회의 노동자.

지금까지 우리는 문학과 정치가 본질적으로 다르다고 생각해 왔어.

정치가 정치 이념에 의해 사람들을 통합하고
저를 당선시켜 주신 국민의 뜻을 받들어….

집단의 목적을 추구하는 데 목적이 있지만
밀어 버려야 되는데….
비켜!
어디로 가란 말이냐?

문학은 오히려 정치적 이념이 그 구성원에게 가하는 잘못을
잠깐!
왜?
당하는 사람 입장은 생각해 봤소?

정확하게 인식하게 하기 때문이지.
설명했고, 투표했고, 보상했고, 통보했고…. 모두 다 법대로야!
하지만 이런 일은 꼭 사람들에게 알려야겠소!

하지만 문학과 정치가 다른 주장을 한다고 해서 서로 다르다고 할 수는 없어!

문학과 정치는 다른 관점에서 인간과 사회의 문제를 바라볼 뿐, 모두 정치적 활동이라는 거야.
네가 뭔데 정치를 하니?
나는 내 역할을 다할 뿐….

지금까지 살펴본 것을 어떻게 정리할 수 있을까?
한용운
정철
호메로스
공자
두보
허난설헌
고은
김병연(김삿갓)
랭보
워즈워스
보들레르
이태백
네루다
하이네
'시인은 정치가다.'라고 말할 수도 있겠지?

진정한 예술가는 정치에 참여해야 할까?

예술 문화인은 직접적인 정치 활동을 삼가야 합니다. 예술 문화인의 사명은 어디까지나 민족 예술 문화의 진흥과 창달에 있습니다. 예술 문화인이 전적인 정치 활동에 개입하거나 단체로 참여하는 것은 예술 문화의 본질을 모르는 무식의 결과입니다.

— 1965년 7월 10일 예술문화단체총연합회장단이 발표한 성명서 중에서.

1965년, 박정희 정권이 일본과 외교 관계를 맺으려고 하자 나라를 걱정하던 많은 지식인과 예술가들은 반대 시위를 벌였어요. 이에 예술문화단체총연합회장단은 예술가의 정치 참여를 반대했어요. 한쪽은 정부를 비판하는 시위를 하고, 다른 한쪽은 정치에 참여하는 예술가들을 비난했던 것이죠. 이런 식의 대립은 수없이 반복되었고 그때마다 진정한 예술가는 정치에 참여해야 하는지에 대한 논란이 벌어졌어요.

나라의 주권은 국민에게 있기 때문에 정치에 참여하는 것은 국민의 정당한 권리예요. 예술가도 국민의 한 사람이고, 직업의 특성으로 볼 때 '국민을 가르치고 깨닫게 할 의무'를 가진 사람들이에요. 앞에서 살펴보았듯이 당시 지식인이라고 할 수 있는 많은 문인들이 우리 사회의 선생님으로서 많은 사람들을 가르쳐 왔기 때문이에요. 하지만 진정한 예술가의 사명이 무엇인지 결론을 내리는 것은 매우 어려운 일이에요. 그리고 어느 한쪽이 옳다고 이야기하는 것 또한 매우 위험할 수 있어요. 미당 서정주 시인의 예를 한번 살펴볼까요?

투표 등 다양한 방법으로 정치에 참여하는 것은 국민의 권리예요.

서정주는 이렇게 순수 문학을 주장했어요. 하지만 1937년 일본이 아시아를 무력으로 통일하여 했던 시기에 그가 지은 시가 바로 '마쓰이 오장(일본군 하사 계급) 송가'예요. 이 시에서 서정주는 가미카제 특공대가 되어 미국 군함에 몸을 던지는 조선인 청년을 장하다고 칭찬하고 있어요.

그 당시 우리나라는 일본의 전쟁 물자 공급지가 되었어요. 학생들은 일본이 일으킨 전쟁에 총알받이로 끌려갔고, 농민과 노동자들은 전쟁을 하기 위한 물자를 생산하는 탄광과 공장에서 강제로 일을 해야 했어요. 이런 시기에 문학의 순수를 옹호했던 시인이 일본의 침략 전쟁을 옹호하는 정치적인 시를 꼭 지어야만 했던 것일까요? 문학의 순수성을 옹호하다가 결국에는 '친일 문학'이라는 극단적인 정치시를 쓴 사람이 위대한 시인으로 평가받는 서정주였다는 점은 우리를 무척이나 마음 아프게 해요.

이처럼 문학이 순수 예술로서만 존재한다고 보는 것도, 문학이 현실 정치에 깊이 관여해야만 한다고 보는 것도 모두 큰 문제를 일으킬 수 있어요. 결국 중요한 것은 어느 한쪽을 선택하는 것이 아니라 양쪽을 모두 포용하려는 생각이 아닐까요?

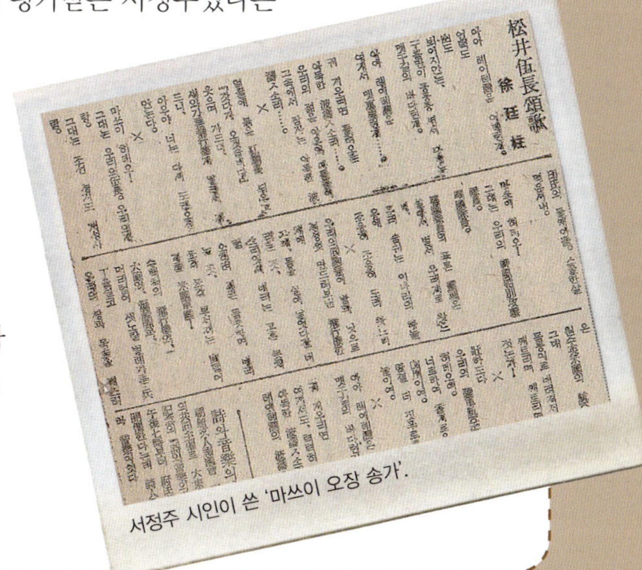

서정주 시인이 쓴 '마쓰이 오장 송가'.

5장 희곡, 신화에서 길을 찾다

이는 오늘날까지 인류 공동의 문학적 자산으로
남아 있는데, 그리스 로마 신화가 대표적이야.

귀스타브 모로의 〈오이디푸스와 스핑크스〉를 참고.

테베의 왕 라이오스는 아름다운 아내 이오카스테와 살고 있었는데

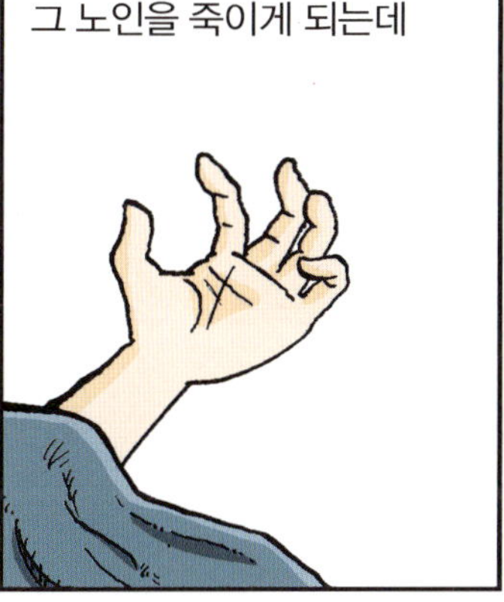

그 사실을 모르는 오이디푸스는 계속 방랑을 하고
오늘은 어디서 자나?

스핑크스를 만나 그 유명한 수수께끼를 풀고 영웅이 되지.
아침에는 네 발, 점심에는 두 발, 저녁에는 세 발로 걷는 게 뭐지?
정답, 사람!

!안녕!
자살이다!
크흑
그냥 수학 문제를 낼걸!

사람들을 죽이던 스핑크스로부터 테베를 구한 오이디푸스는
스핑크스로부터 우릴 구했으니…
왕의 자격이 충분한 영웅이시오.

자신의 친어머니인 이오카스테와 결혼하게 되지.
마침 왕도 돌아가셨으니 왕비님과 결혼하셔서…

후에 오이디푸스는 선왕을 살해한 범인을 추방해야 한다는 신탁에 따라
전염병이 돌고 민심이 흉흉한 이유는….
!아폴론이 계시오!

범인을 찾아 나서는데
선왕을 살해한 자가 이 도시에 멀쩡히 살아 있기 때문이요!
그럼 당장 잡아들여!

그러다가 자신이 아버지를 죽였다는 사실을 알게 되지.
그 노인이 라이오스 왕이고…
내가 아들?
그럼 왕비 이오카스테는?

오이디푸스는 절망에 빠져 스스로 자신의 눈을 찌르고

이오카스테는 목을 매 자살하게 돼.

그는 고향 아테네가 정치, 경제적으로 발전해 가고 있던 기원전 5세기에 다른 어떤 극작가보다 깊은 통찰력을 바탕으로 인간들의 삶을 표현하고자 했어.

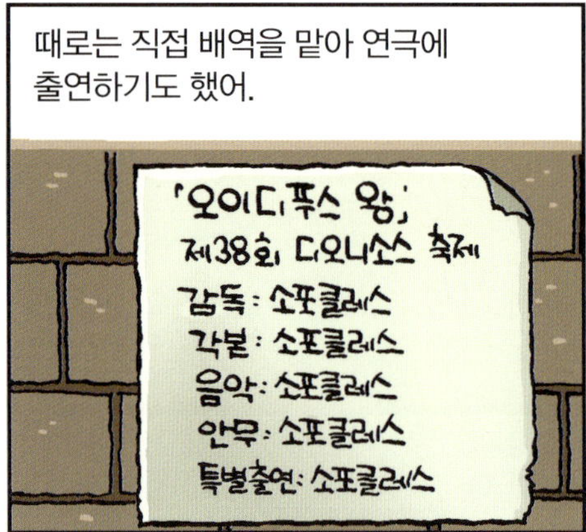

때로는 직접 배역을 맡아 연극에 출연하기도 했어.
'오이디푸스 왕'
제38회, 디오니소스 축제
감독: 소포클레스
각본: 소포클레스
음악: 소포클레스
안무: 소포클레스
특별출연: 소포클레스

그래서 아리스토텔레스는 『시학』에서 그를 칭송했지.
호메로스의 서사시보다 훨씬 뛰어나!
소포클레스가 최고야!

특히 이 작품은 가장 완벽해!
가장 완결된 구성과 형식을 가진 작품이거든!
꼭 읽어 봐!
서점에 있어!
오이디푸스 왕

그럼 이제부터는 연극의 기원과 발전 과정에 대해 알아볼까?
사뮈엘 베케트 「고도를 기다리며」

갓 태어난 아기들은
까꿍!

울음이나 표정, 몸짓으로 주위 사람들과 이야기하지.
앙

그러다가 말을 배우면서 어른들의 행동을 모방하기 시작해.

소꿉놀이도 그런 연습이야. 역할을 나누고, 놀이의 틀을 정하고 역할 놀이를 하는 것이지.

역할 놀이를 하는 아이들은 인형이나 장난감 등의 소품을 사용하기도 하는데
자, 우리 아가 맘마 먹자!

그들은 주변을 의식하지 않고 놀이 자체를 즐겨.
말도 잘 듣고, 아이 예뻐~.

이처럼 연극도 인간의 삶을 모방하고
죽느냐, 사느냐 그것이….

인간에 대한 이해를 통해 삶에 대한 행복감을 주지.

그래서일까?

영어 단어 '플레이(play)'는 놀이와 연극의 의미를 함께 지니고 있어.
play [pleɪ]
1. 놀다
…
연기하다.

마찬가지로 원시시대 인류는 사냥을 하며 터득한 동물들의 습성이나 사냥법 등을 동료들에게 전달하고 싶어 했어!

그래서 몸짓과 손짓으로 동물 흉내를 냈지.

더 실감나게 표현하기 위해 동물 가죽을 뒤집어 쓴 채 동물의 행동을 따라하기도 했는데

이 모방 행위가 바로 연극의 출발점이 된 거야!
오락이라기 보다는
실용적 기능이 강했지.

농경 사회가 되면서는 사람들은 풍작을 기원하기 위해 신에게 제사를 올렸어.
봄에 파종을 마치거나 가을에 수확을 마치고 신에게 제사를 드렸지.

그들은 삶과 죽음, 재생의 과정이 반복된다는 것을 알았고

이를 주관하는 신에게 성대한 제사를 드렸던 거야.

이때 제사장들은 가면을 쓰거나 분장을 하고 다양한 몸짓과 노래로 신을 찬양했지.
이런 제사장들의 행동에서 오늘날의 연극적 요소를 찾아볼 수 있어!

세시풍속 : 해마다 농사 시기에 맞춰 행해지는 행사.

안니발레 카라치의 〈바쿠스와 아리아드네의 승리〉를 참고.

로이 리히텐슈타인의 〈행복한 눈물〉을 참고.

이탈리아를 중심으로 시작된 고전주의 연극은 유럽 전역에 영향을 끼쳤는데,

특히 셰익스피어가 중심이 된 영국을 통해 활발해지게 돼.
로미오와 줄리엣
맥베스
오셀로
리어왕
햄릿
한여름 밤의 꿈
베니스의 상인

그리고 연극은 19세기 초에는 괴테가 등장하면서 다시금 전성기를 맞았어.
내가 영어를 다듬었고…
요한 볼프강 폰 괴테 (1749~1832)
독일어는 내가 완성했다고 할 수 있지!
윌리엄 셰익스피어 (1564~1616)
파우스트
『파우스트』는 60년에 걸쳐 완성된 작품이래!
나는 이탈리아어를 정리했어.
아리기에리 단테 (1265~1321)
오시… 평생…

특히 『파우스트』는 독일 신화와 기독교 사상을 바탕으로 전 인류가 추구하는 삶의 가치를 형상화한 작품이야.
얼마에?
당신 영혼을 나에게 팔아!
메피스토
파우스트

이처럼 고대부터 현대에 이르기까지 연극은 신화와 밀접한 관계를 맺고 있어.

우리는 평소에 '극적(劇的)'이라는 말을 자주 사용하지.

이 말은 연극의 중요한 특징을 반영해.

삶의 과정은 연극의 구성과 유사하기 때문에 인생을 흔히 연극에 비유하지.

연극에서 극적인 반전이 이루어지듯

인생에도 역전이나 반전이 많이 있잖아.

그래서 연극은 인생의 여러 모습을 함축적으로 보여 준다고 하지.

연극의 이런 특징은 영화나 드라마에서도 잘 드러나.

이들이 대중의 관심을 끌 수 있는 이유는 인생사를 흥미롭게 재구성해서 보여 주기 때문이야.

이런 면에서 보면 극 문학이 우리 삶과 밀접하게 관련되어 있음을 알 수 있어.

우리는 연극을 '본다'고 말하지.
초롱
초롱

그런데 연극을 꼭 본다고만 해야 할까? 사실 우리는 연극을 '듣기'도 한단다.
무슨 내용인지 이해가 안 가!
그렇겠지!

시각과 청각을 함께 동원해야 연극을 제대로 감상할 수 있거든.

마찬가지로 희곡을 읽을 때도 늘 무대를 상상하며 시청각적인 요소를 함께 고려해야 하지.

희곡은 연극을 상연하기 위한 대본으로 문학의 한 갈래에 속한다고 할 수 있어.
Peter Shaffer
ECUUS
GOETHE
faust
Hamlet
운보씨의 어느 해 겨울
결혼
이강백

희곡은 문학인 동시에 무대에서 연극으로 공연될 것을 목적으로 하는 작품이지.

그래서 희곡은 문학성과 연극성을 모두 지닌 독특함을 갖고 있지.

그래서 보통은 희곡과 연극을 구분하지 않고 말하기도 하는 거야!
이번에 제가 쓴 희곡인데….
아… 연극!

우리는 연주회장에서 음악을 듣듯 직접 연극을 감상하지.

때문에 눈으로 악보를 읽는 것이
미안… 연주회 표를 구하지 못했어. 그래서…
매진 이래.

음악 감상을 대신할 수 없는 것과 마찬가지로
연주회 악보를 구해 왔어!
읽어!

희곡 작품을 읽는 것이
농담이야! 사실 연주회 대신 연극을 보려고 표를…

연극 감상의 전부일 수는 없어.
구하려는데… 또 매진! 그래서 그 연극 대본을 구해 왔어!

하지만 악보를 통해 음악을 공부하듯 희곡 읽기를 통해 연극의 장면들을 상상해 볼 수 있어야 해.

또 희곡의 독자는 언어로 표현된 부분뿐 아니라

등장인물 곁에서 침묵하는 다른 배우들의 동작이나

무대 배경, 조명까지도 염두에 두면서 희곡을 읽어야 하는 거야.

무대에서 일어날 수 있는 모든 상황을 상상하면서 작품을 읽어야 한다는 말이야.
책 뚫어진다!!

그래서 희곡을 읽을 때는 무대와 배우의 모습을 상상하면서 읽는 자세가 필요하지.
마치 극장에 들어와서 연극을 보는 것처럼 희곡을 읽어야 하지!
머릿속에
극장을 세우는 거야!

또한 희곡은 인물의 행동과 대사를 중심으로
하찮은 것들….
삣
삣

등장인물들의 인생을 표현하기 때문에
글쎄 나만 믿으시라니까!

이런 요소들을 잘 이해해야 희곡이 주는 참맛을 맛볼 수 있단다.
짝 짝

그리고 희곡은 제한된 시간과 공간 속에서
무대는 우주와 지구를 누비고….
공연 시간은 8시간 이며,
두둠
…
우주전쟁

인물의 대화와 행동을 통해 사건이 전개되기 때문에
감독님… 이게 무슨 연극 대본 이냐고요?
대사도 없이 수만 명의 우주인이 전쟁만 한다고요?

소설보다 갈등의 양상이 분명하게 나타나고
그래요. 그만두죠!
발딱

극적 전개 과정이 보다 긴밀하게 구성된단다.
이 대본은 영화로 만들어질 겁니다.
스타워즈 처럼 3부작으로 세 번. 아홉 편!

내용을 긴밀하게 연결하고 짜임새 있게 구성함으로써 작가의 세계관이 완결된 작품으로 탄생하게 되는 거야.
그래서 내가 성공하면…
나와 결혼해 주겠소?

작가가 어떤 시선으로 인간과 세계를 바라보느냐가 작품의 주제로 나타나는데

이런 주제들은 희곡만의 독특한 특징들을 만들기도 하지.

이런 다양한 주제를 어떻게 표현할까를 고민하면서
…
인간과 사회
인간의 내부 갈등
인간과 인간의 갈등
인간과 운명

희곡은 다양한 형태로 발전하게 된 거야!
희곡

극 문학은 오늘날에 각종 영상 매체의 발달로 다시 한번 인기를 얻고 있지.

『로미오와 줄리엣』은 그리스 로마 신화에서 시작됐다

그리스 시대는 물론이고 현대에 이르기까지 신화는 문학에 마르지 않는 샘물 역할을 해 왔어요. 영국의 셰익스피어나 독일의 괴테 같은 뛰어난 작가의 작품일수록 신화와 깊은 연관을 갖는다는 점이 이를 증명해요. 특히 셰익스피어의 작품들은 그리스 로마 신화에서 모티프를 가져온 것이 매우 많아요. 유명한 『로미오와 줄리엣』은 그리스 로마 신화의 '피라모스와 티스베'에서, 『햄릿』은 '트로이의 전쟁 영웅 아가멤논'에서 모티프를 가지고 왔어요. 또 『한여름 밤의 꿈』은 그리스 로마 신화 내용 중 몇 가지

『파우스트』 등의 작품을 쓴 괴테의 초상화.

를 서로 연결시키고 고쳐서 만들어 낸 희곡 작품이에요. 여기서는 '피라모스와 티스베'의 이야기를 통해 신화와 희곡의 상관성을 살펴볼게요.

'피라모스와 티스베'는 바빌로니아를 배경으로 전개되는 그리스 로마 신화예요. 앙숙 집안의 아들과 딸이었던 피라모스와 티스베는 부모들의 명령으로 서로 만나지 못하게 되고, 담 하나를 사이에 두고 애틋한 사랑을 속삭여요. 그러던 어느 날 밤 두 사람은 먼 곳으로 도망가기로 약속해요. 약속 장소에 먼저 도착한 티스베는 갑자기 입에 피를 묻힌 사자가 다가오자 얼른 바위 뒤로 몸을 숨기게 되는데, 이때 얼굴을 가렸던 베일을 떨어뜨려요. 늦게 도착한 피라모스는 사자가 찢어 놓은 티스베의 피 묻은 베일을 발견하고, 그녀가 사자에게 잡아먹혔다고 생각해 칼로 가슴을 찔러 자살해 버리죠. 잠시 뒤 바위 뒤에서 나온 티스베는 피라모스가 죽은 것을 보고 자신도 따라 목숨을 끊어요.

주로 생의 덧없음을 소재로 독특한 작품 세계를 펼친 화가 한스 발둥(Hans Baldung, 1484~1545)은 두 연인의 비극을 화폭에 담아냈어요. 이 작품은 어둑어둑

한 숲 속에 피라모스의 피로 물든 망토와 티스베의 흰 스커트가 극명한 대비를 이루며 비극성을 한층 높여주고 있어요.

사실 '피라모스와 티스베'는 다른 시대를 배경으로 한다는 점을 제외하고는 『로미오와 줄리엣』이야기와 거의 다르지 않아요. 이 안타까운 사랑 이야기는 기원전 30년경 실제로 있었던 안토니우스와 클레오파트라의 운명적 사랑으로 잘 알려져 있어요. 셰익스피어는『로미오와 줄리엣』과는 별도로 한 시대를 풍미한 안토니우스와 클레오파트라의 애틋한 사랑 이야기를 〈안토니우스와 클레오파트라〉라는 연극 작품으로 남기기도 했죠.

"셰익스피어에게서 그리스 로마 신화를 찾는 것이 아니라, 그리스 로마 신화에서 셰익스피어를 찾는 것이 적절하다."는 말은 일리가 있어요. 신화가 활용된 희곡 작품은 셰익스피어의 작품 외에도 매우 많아요. 중세시대에서 르네상스의 시작을 알리는 작품으로 평가받는 단테의『신곡』, 괴테가 20대에 쓰기 시작해 83세가 되던 생의 마지막 무렵 완성한 최대의 역작『파우스트』, 1957년 노벨 문학상을 수상한 알베르트 카뮈의『시지프의 신화』등도 모두 그리스 로마 신화에서 많은 영향을 받았어요. 이처럼 신화와 문학은 매우 밀접한 관계를 가지고 있어요. 문학의 뿌리는 신화이고 그 줄기는 역사라는 비유는 그래서 매우 타당하다고 할 수 있어요.

한스 발둥이 그린 〈피라모스와 티스베〉.

님은 갔습니다. 아아, 사랑하는 나의 님은 갔습니다.
푸른 산빛을 깨치고 단풍나무 숲을 향하여 난 작은 길을 걸어서
차마 떨치고 갔습니다.
황금의 꽃같이 굳고 빛나던 옛 맹세는 차디찬 티끌이 되어서
한숨의 미풍에 날아갔습니다.
날카로운 첫 키스의 추억은 나의 운명의 지침을 돌려놓고
뒷걸음쳐서 사라졌습니다.
나는 향기로운 님의 말소리에 귀 먹고 꽃다운 님의 얼굴에
눈멀었습니다.
사랑도 사람의 일이라, 만날 때에 미리 떠날 것을 염려하고
경계하지 아니한 것은 아니지만 이별은 뜻밖의 일이 되고
놀란 가슴은 새로운 슬픔에 터집니다.
그러나 이별을 쓸데없는 눈물의 원천으로 만들고 마는 것은
스스로 사랑을 깨치는 것인 줄 아는 까닭에 걷잡을 수 없는
슬픔의 힘을 옮겨서 새 희망의 정수박이에 들어부었습니다.
우리는 만날 때에 떠날 것을 염려하는 것과 같이 떠날 때에
다시 만날 것을 믿습니다.
아아, 님은 갔지마는 나는 님을 보내지 아니하였습니다.
제 곡조를 못 이기는 사랑의 노래는 님의 침묵을 휩싸고 돕니다

— 한용운, '님의 침묵'.

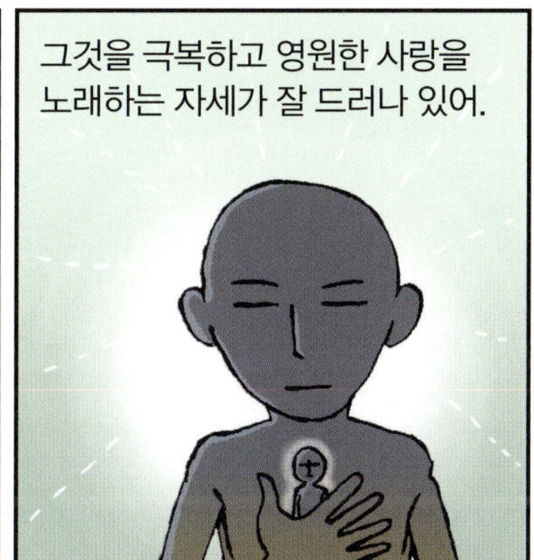

이는 한용운이 종교를 통해 인생의 참된 의미를 깨달은 시인이었기에 가능했던 거야.

하지만 한용운을 아는 우리들은
스님이며
애국지사!

이 시를 사랑의 시로만 읽지 않겠지.
아아… 사랑하는 나의 님은….
…갔습니다!
흑… 조국을 잃은 슬픔!
그런 거였어?

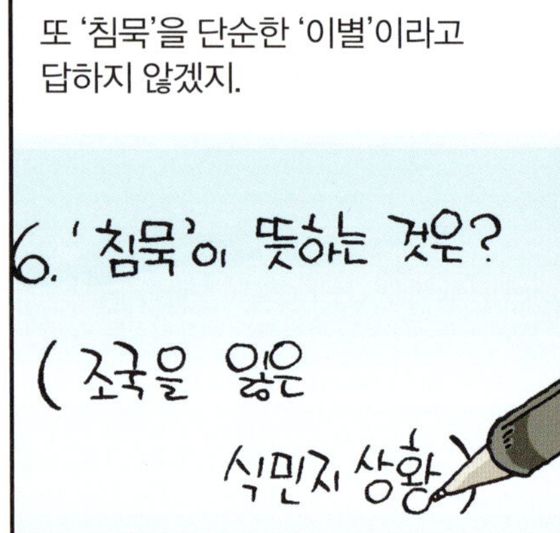

또 '침묵'을 단순한 '이별'이라고 답하지 않겠지.
6. '침묵'이 뜻하는 것은?
(조국을 잃은 식민지 상황)

그리고 종교적인 상징으로 시를 해석할 수도 있어.
'님'을 불가의 절대자인 '부처님'으로…
….
'침묵'을 깨달음을 얻기 위한 '승려의 길'로 읽기도 해.

이처럼 한용운의 '님'은 세속적인 것과 종교적인 것을 오가는 시계추가 되곤 했어.

그럼 다른 시 한 편을 더 읽어 볼까?

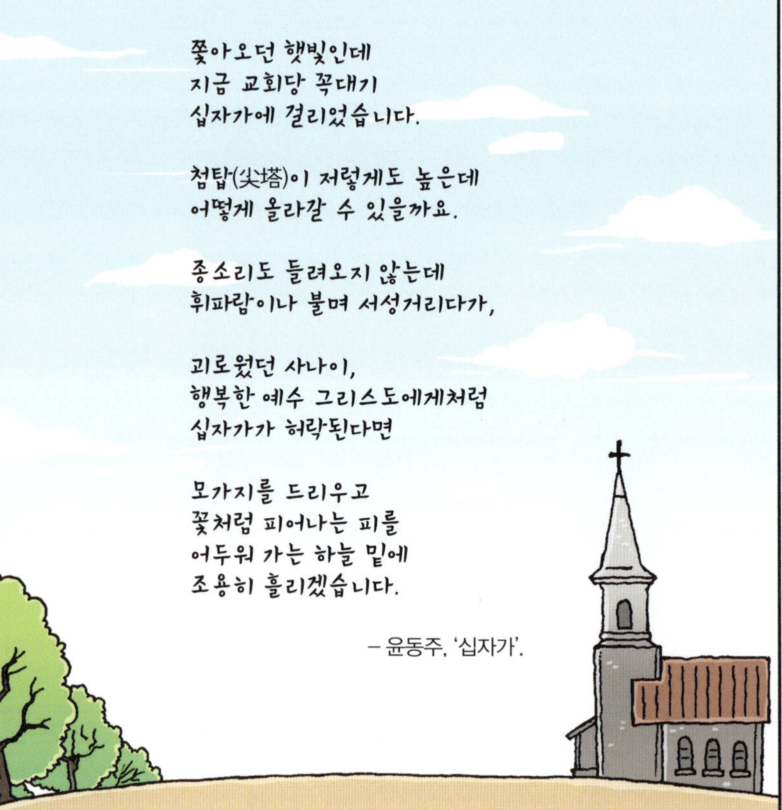

쫓아오던 햇빛인데
지금 교회당 꼭대기
십자가에 걸리었습니다.

첨탑(尖塔)이 저렇게도 높은데
어떻게 올라갈 수 있을까요.

종소리도 들려오지 않는데
휘파람이나 불며 서성거리다가,

괴로웠던 사나이,
행복한 예수 그리스도에게처럼
십자가가 허락된다면

모가지를 드리우고
꽃처럼 피어나는 피를
어두워 가는 하늘 밑에
조용히 흘리겠습니다.

– 윤동주, '십자가'.

이 시는 어두운 식민지 시대의 현실 속에서

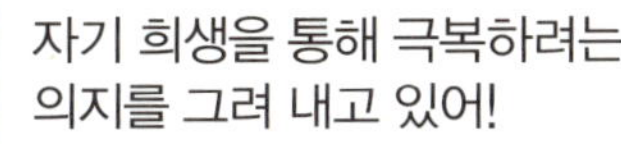

마찬가지로 외국인에게 '십자가'를 읽힌다면
윤동주? 누구지?
아마도 시대의 현실과 관계없이 신을 찬양하는 순교자의 노래라고 생각할 거야.

윤동주 시인에 대해 모른다면 그럴 수 있지.

하지만 윤동주가 자신이 쓴 시 때문에 체포되고 옥사했다는 사실을 아는 우리는 이 시를 기독교 신앙에 관한 시로 읽지 않지.

그럼 신의 말씀을 다루는 각 종교들의 성서는 어떨까?
반야심경
KORAN
The Bible

성서는 종교적으로 읽어야 할까? 아니면 문학적으로 읽어야 할까?

대부분의 사람들은 성서를 종교적으로 읽어.
당연하지!

그러면 성서는 재미나 감동이 없을까?
응?
재미?
감동?

만약 성서가 전혀 재미나 감동을 주지 않는다면

사람들은 결코 성서를 읽으면서 즐거움을 느낄 수 없을 거야!

사람들에게 성서가 즐거움을 주는 이유는
신앙의 문제도 있겠지만

알라의 말씀도
계시하겠소!

천사 가브리엘의
계시를 기록한 것이
코란이지!

예언자
마호메트
(570~632)

성서 그 자체가 아름다움을 가졌기 때문이지.

너희가 말하고 행하지
아니한 것이 하나님께서는
가장 증오스러운 것이라.
—『코란』 제61장 사프 중에서.

격언처럼 구성된 문장,
그 속에 함축적으로 담긴 상징적 의미

그래서…!

역시
신의 말씀이라
명쾌하군!

이런 것들은 성서의 문장들이 갖는 아름다움이야.

반야심경

KORAN

Bible

꽃이 피고 새가 우는
이 또한 기적이라.

—『반야심경』 중에서.

약삭빠른 말과 가식적으로
꾸민 얼굴에는
인(仁)이 드물다.

—『논어』 중에서.

미움은 다툼을 일으켜도 사랑은
모든 허물을 가리느니라.

—『신약성서』 잠언 10장 12절.

이 때문에 성서는 종교적 요소와 함께
문학적 요소를 가졌다고 볼 수 있어.

좀 더 좋은 표현이…

神

반면에 처음부터 신앙에
관계없이 성서를 문학으로
읽는 사람도 있지 않을까?

난 무신론자야!

소설이나 시를 읽듯 말이야.

문장도
간결하고

그 속에
함축된 의미가
좋아!

이번에는…

금강경을
읽어 볼까?

그런데 이런 경우 성서에서 받은 영향은 문학적인 것에만 그치는 것일까?
그럼 내용은 어때요?

미적 형식이 사람들에게 어떤 영향을 미쳤다면
내용은

그 미적 형식에 담겨진 내용도 큰 영향을 미쳤겠지.
중요하죠!
…당연히!

또 어떤 글의 형식과 내용이 완전히 구분될 수가 없는 것이라면
형식내용

성서가 주는 그 문학적 감동의 내용이 바로 종교적 의미가 되겠지.
종교도 되고 문학도 되고
내용은 종교적이고, 형식은 문학적이지….

이것이 종교와 문학의 관계를 생각하는 출발점이 될 수도 있지 않을까?
종교
문학

종교는 문학의 사상적 배경이나 기초가 되고
종교
문학

문학은 종교의 표현 양식이 된다는 말이야.
종교
문학

가령 러시아의 대문호였던 톨스토이의 경우 『부활』을 비롯한 많은 작품들의 사상적 배경에는 기독교가 있어!
톨스토이 (1828~ 1910)
『부활』은 속죄, 인생, 교회, 양심… 내 모든 철학이 집대성된 작품이지.
네흘류도프!
카츄사! 내가 당신 인생을 망쳤어요!
…

우리나라 현대 소설의 기초를 닦은 『무정』의 작가 이광수의 소설은
불교에 사상적 기반을 두고 있다고 볼 수 있지.
대표적인
불교 소설
『이차돈의 사』와
『원효대사』가
내 작품이야.
이광수
(1892~
1950)
무 정
이차돈의 死
원효대사
유 정
사 랑

이와는 달리 처음부터 종교적 신념을 표현하기 위해 시나 소설을 쓰는
종교인도 있어.
기도 일기
죄를 많이 지어
부끄러움뿐인 제가
땅에 엎디어 울 수도 없어
둘이 되어서
용서하
이해인 수녀
(1945~)

문학만이 아니라 교회나 절에서 행하는 설교도 문학적이야.
신앙 전달을
언어로 하니까…
쉿!

충분히 문학적이라고
할 수 있지!

문학과 종교의 관계가 이렇게 된 원인은 뭘까?
종교 = 내용. 목적
문학 = 형식. 방법

종교는 왜 표현 형식을 문학에 의존하는 것이며
예배와 선교를 위해서 책을 만드는 것이
중요한 일과였죠!

문학은 왜 그 내용적 기초를 종교에 요구하는 걸까?
부활
죄와 벌
파우스트
의 고독
데미안
춘향전
싯다르타
레미제라블
안셀로
춘희
지

그 이유는 미와 신앙이 서로를 보완하고 있기 때문이야.
미
신앙

문학과 종교가 만나 미와 신앙이 조화를 이룰 때 사람들은 더 깊은 감동을 느낀다는 얘기지.
! 뭔 소리야?

좋아, 그럼 더 구체적으로 살펴보자!

언어 표현적인 측면에서 종교와 문학의 상관성을 살펴보도록 하자.
자, 볼까?
문학이나 성서에서 많이 쓰이는 표현법이야!
비유와 상징
比喩　象徵

비유는 표현하려는 사물의 현상, 마음의 움직임 등을 다른 사물에 빗대어 구체적인 연상을 일으키게 하는 표현법을 말하지.

이때 원래 표현하려는 대상을 원관념, 표현하기 위해 빌려온 대상을 보조관념이라고 해.
원 관념
보조 관념

비유는 표현하려는 대상의 정서나 관념을 더 잘 드러내기 위해 주로 사용하지.
널 어떻게 생각하냐고?
넌… 그냥 너지 뭐.

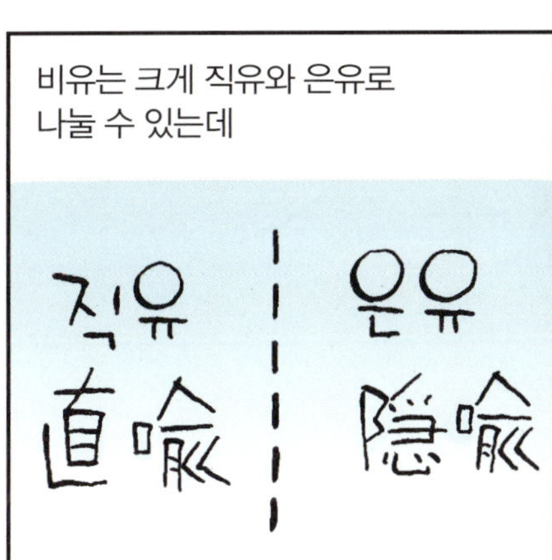

비유는 크게 직유와 은유로 나눌 수 있는데
직유 直喩
은유 隱喩

직유는 표현하려는 대상과 다른 대상을 직접적으로 맞세워 표현하는 방법이야.

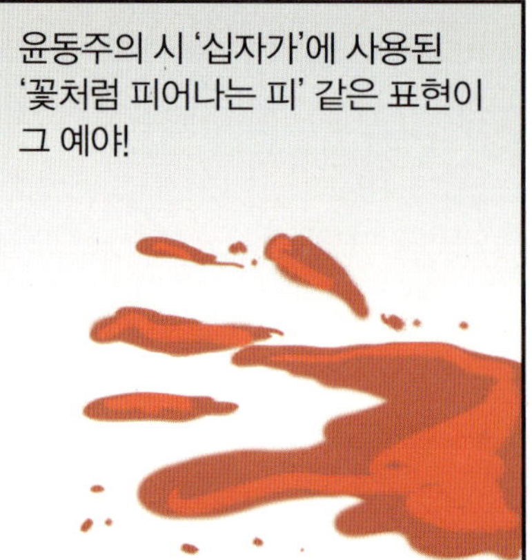

한편 상징도 비유처럼 인간의 감정이나 사상 같은 추상적인 내용을 구체적인 대상으로 나타내는 표현이야.

그런데 상징은 비유와는 다르게 추상적인 개념이 구체화 되지 않고 암시적으로 드러나기도 하지.
번쩍!
천둥·번개…
이건 대체 뭘
의미하지?!
비극을
암시하지!

하지만 대부분 쉽게 의미를 파악할 수 있어.
우르르르…
그… 그렇구나.
오늘은 초복!

상징에 대해 좀 더 구체적으로 알아볼까?
와

비둘기는 원래 비둘기목 새를 부르는 말이야.
와!
푸드득.

하지만 사람들은 비둘기를 보며

'평화'라는 의미를 떠올리기도 하는데

이것이 바로 상징이야!

하지만 이 상징을 작가가 참신한 문학적 효과를 위해 독창적으로 사용하면
!

사람들이 그 의미를 이해하기 매우 어렵게 돼.
?
?
?
?
신간

성서에 나오는 신의 계시도 사실은 인간의 언어를 통해서 표현되잖아.

해가 진 후의 쓸쓸한 도시, 낯선 풍경의 텅 빈 거리엔 낡은 차 몇 대만이…….
그 길 복판에 서 있는 나는 어디로 가야 할지, 무엇을 해야 할지 알 수가 없어.

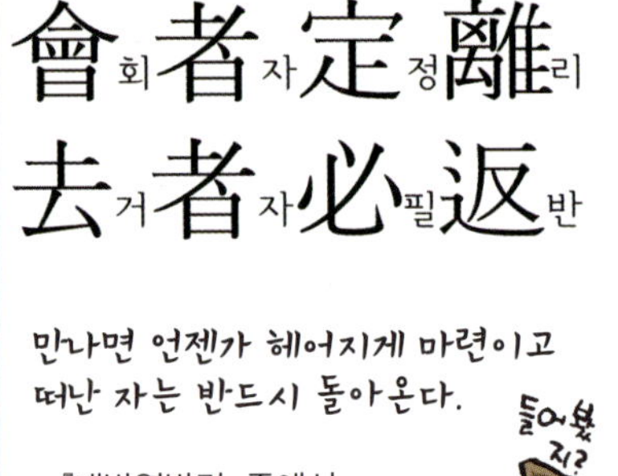

윤회(輪廻) : 생명이 있는 것은 죽어도 다시 태어나 생이 반복된다는 불교 사상.

'괴로움'과 '행복'이란 표현이 함께 쓰이는 것은 모순이지.

하지만 예수가 십자가에 못 박혀 피를 흘린 순간은 괴로웠지만

그로 인해 인류를 구원했기 때문에 행복했다는 종교적 의미를 덧붙이면

의미를 파악할 수 있을 뿐 아니라 더 깊은 감동을 느끼게 되지.
…

여기에서 신비로움이 생기고 새로운 의미가 창조되는 거야.

두 볼에 흐르는 빛이
정작으로 고와서 서러워라
-조지훈 '승무'

향기로운 주검의 내도
풍기리 -박두진 '묘지송'

겨울은 강철로 된
무지개
-이육사 '절정'

이것은 소리 없는
아우성 -유치환 '깃발'

밤에 홀로 유리를
닦는 것은
외로운 황홀한 심사
-정지용 '유리창'

사랑을 위하여서는 이별이
있어야 하네.
-서정주 '견우의 시'

찬란한 슬픔의 봄
-김영랑 '두견'

높이도 폭도 없이
떨어진다.
-김수영 '폭포'

시에서 사용되는 역설은 삶에 대한 더 깊은 통찰을 제공한다고 할 수 있지.

시를 통해 역설의 언어를 이해하게 되면서 인생에 대해 더 높은 차원의 인식을 하게 되는 거야.

역설 안에서 삶과 죽음, 현실과 영적 세계의 경계는 허물어져 모순은 곧 초월적 세계를 이해하기 위한 원동력이 되지.
논리적으로는 틀렸지만…
자유롭고 신비롭지!

보다 높은 차원에서 인생을 바라보는 역설의 언어는 모순되는 두 차원을 통합해서

새로운 진실을 창조해 내는 거야.

사실 문학과 종교는 인류 역사의 출발에서부터 밀접한 관련이 있었어.

고대에 시작된 종교 의식은 문학의 상징적 기호로 표현되었고

종교는 문학의 형식을 빌려 발전한 동시에 문학의 형태를 발전시키기도 했어.

이렇게 문학과 종교는 태어날 때부터 서로 돕는 관계였어.

그래서 문학은 종교적 접근을 통해 이해 가능하고
종교
문학

종교는 문학적 접근을 통해 더욱 깊고 다양하게 이해할 수 있는 거야.
종교
문학

종교가 인간의 구원을 위하는 것이라면

문학도 개인의 근본적인 문제에 대한 답을 추구하는 것이기 때문에
나는 누구인가?

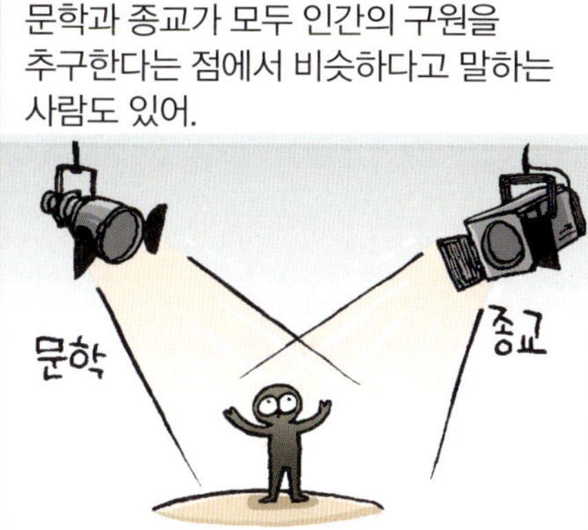

문학과 종교가 모두 인간의 구원을 추구한다는 점에서 비슷하다고 말하는 사람도 있어.
문학
종교

결국, 문학은 종교적이며 종교는 문학적이라는 결론을 이끌어 낼 수 있는 거지.
괴테
종교
문학
공자
호메로스
도스토옙스키
김동리
한용운
단테

김동리의『무녀도』를 통해 본 문학과 종교의 관계

문학과 종교는 인류의 역사가 시작될 때부터 깊은 관계를 가져 왔어요. 고대 원시 사회에서부터 시작된 종교 의식은 문학을 통해서 상징적으로 표현되었기 때문에 종교는 문학의 형식을 통해 발전했어요. 동시에 종교는 문학을 예술의 경지로 발전시킨 원동력이 되기도 했어요. 그래서 문학과 종교는 역사적으로 볼 때 서로 보완적인 관계에 있었다고 할 수 있어요. 문학에 대한 깊은 이해는 종교적 접근을 통해서 가능하고, 종교에 대한 이해는 문학적 접근을 통해서 더욱 다양해질 수 있어요.

『무녀도』『역마』 등의 작품을 남긴 소설가 김동리.

우리 역사에서 종교는 샤머니즘(영적 존재를 숭배하는 신앙), 불교, 유교, 기독교 등 다양한 형태로 나타났어요. 이 네 가지 종교 중에서 현대 문학에 많은 영향을 끼친 종교는 불교와 기독교이고, 고전 문학에 많은 영향을 끼친 종교는 샤머니즘과 유교라고 할 수 있어요. 그런데 김동리의『무녀도』는 샤머니즘과 기독교의 갈등을 그리고 있다는 점에서 매우 독특해요. 이 때문에 우리나라 현대 종교 문학의 출발점을 김동리의『무녀도』에서 찾기도 하죠. 김동리의『무녀도』는 우리나라의 토속 신앙인 무속(巫俗)의 세계가 기독교로 대표되는 변화의 흐름 속에서 사라져 가는 과정을 그린 작품이에요. 그렇다면『무녀도』는 어떤 이야기일까요?

귀신을 섬기는 무당인 모화는 그림을 그리는 딸 낭이와 함께 경주의 낡은 집에서 살고 있어요. 그런데 어려서 집을 나갔던 아들 욱이가 집에 돌아오면서 큰 변화가 일어나요. 욱이가 믿는 기독교와 모화가 받드는 무속 신앙 사이에 갈등이 벌어진 것이죠. 그들은 서로 다른 신을 믿기 때문에 서로를 받아들이지 못해요. 그리고 각각 기도와 주문으로 대결하다가 모화가 성경을 불태우게 되고, 이

를 막으려던 욱이가 모화의 칼에 찔려 죽게 되요. 그 뒤 마을에는 예배당이 들어
서게 되고 힘을 잃은 모화는 마지막 굿판을 벌이다가 물속에 들어가 죽어 버린다
는 이야기예요.

이 작품에서 무당 모화는 마당에 널려 있는 온갖 미물들을 섬기는 태도를 보
이면서 지렁이와 대화를 하기도 해요. 그녀에게 있어서 세상의 온갖 사물은 숭
배의 대상이기 때문이죠. 그녀의 세계관은 농사를 중심으로 하는 동양 문화와도
연결되어 있어요. 농경 문화에서는 땅이 기름져야 농사를 잘 지을 수 있어요. 땅
이 기름지려면 세상의 온갖 사물이 모두 순환의 질서 속에서 공존해야 해요. 똥
이 썩어 거름이 되고 지렁이가 땅을 기름지게 해야만 농사를 잘 지을 수 있는 것
이죠. 반면 욱이의 기독교 신앙은 목축과 사냥을 위주로 한 서구 문화와 관련이
있어요. 자연을 정복의 대상으로 삼는 수렵(사냥) 문화는 자연을 통제하는 신의
지배를 바탕으로 하고 있기 때문이에요.

이처럼 종교는 단순한 사상으로서만이 아니라 그 사회의 지배적인 문화와도
밀접한 관련이 있어요. 특히 서구의 기독교 문학은 근대의 세계 문학과 아주 깊
은 관계가 있어요. 러시아의 위대한 작가
톨스토이와 도스토옙스키, 그리고 현대 그
리스 작가 카잔차키스의 소설에는 진정한
기독교 정신이 무엇을 추구해야 하는지를
탐구해요. 하지만 우리나라의 종교 문학은
아직 활성화되었다고 보기 어려워요. 아무
래도 다양한 종교적 가치관을 인정하는 우
리나라에서는 한 가지 신앙으로 역사와 사회
를 바라보는 것이 쉽지만은 않은 것 같아요.

종교는 단순한 사상이 아니라 그 사회의 문화와 많은 관련이 있어요.

인터넷 상에 왜곡되고 오염된 언어가 흘러넘쳐서 국어가 파괴되고 문학의 질이
떨어지고 있다고 생각하니?

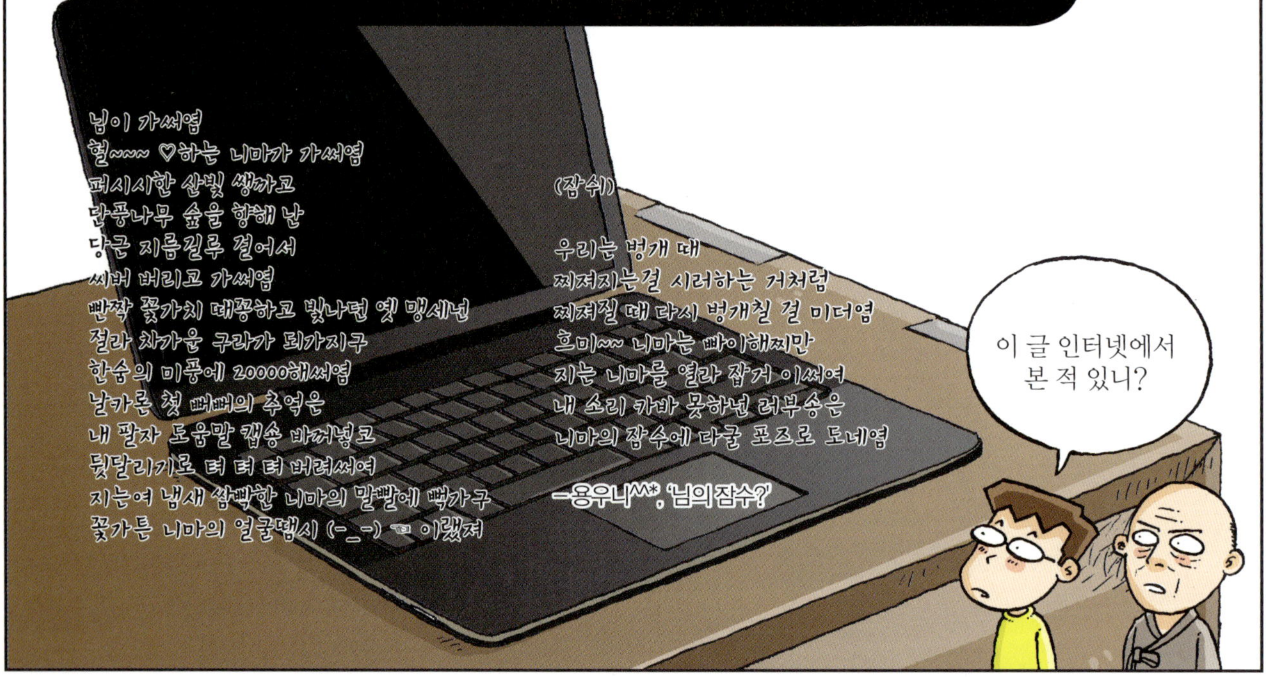

아니면 인터넷이 보급되어 문학의 저변이 넓어지고
문학 활동에 변화의 바람이 불고 있다고 생각하니?

한쪽에선 인터넷으로 인해
문학의 본질이 흐려지고 있다고 판단하고
문학
www

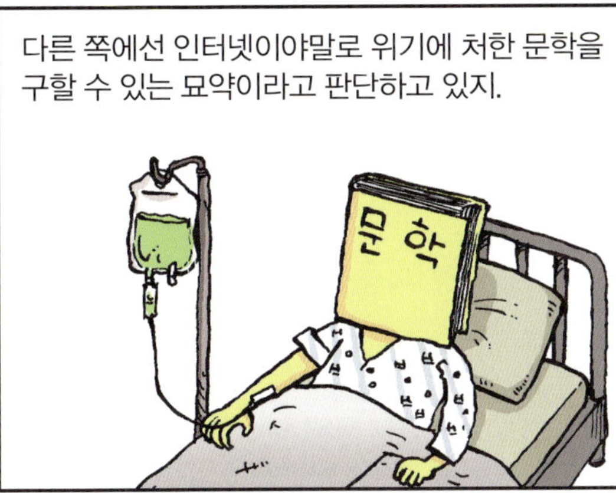

다른 쪽에선 인터넷이야말로 위기에 처한 문학을
구할 수 있는 묘약이라고 판단하고 있지.
문학

과연 어느 쪽 주장이
옳은 걸까?
잘 모르겠다고?

현대는 첨단 과학 문명을 바탕으로 한 정보화 사회로 빠르게 변하고 있어.
Cafe

문학도 이런 변화의 물결 속에서
다양하게 변화하여 새로운 방식으로
소통되고 있지.
문학

문자가 발명되기 전에는 입에서 입으로
전달되던 문학의 형식이
해리포터
주세요!
그래,
이야기해
줄게.
서점

문자가 발명되고 난 후에는
종이에 글을 써서 기록하는
형태로 변화되었어.

인쇄술이 발달하면서 문학은 대량으로 광범위하게 확산될 수 있었지만
오랫동안 책이라는 단일한 형태에서 큰 변화가 없었지.

하지만 오늘날 문학은 과거 입이나 책으로 전달되던 것에서
크게 벗어나 다양한 매체를 통해 소통되고 있지.

이런 매체의 변화는 단순히 문학이 소통되는
방식의 변화뿐 아니라

문학적 소통이 이루어지는
모든 환경까지 변화시켰어.

문학 작품의 생산자인 작가와 소비자인 독자의 구분이 모호해진 것도
한 예가 되겠지.

정보 통신의 발달로 컴퓨터는 문학적 환경에 가장 큰 변화를 몰고 왔어. 이른바 '인터넷 문학'이라는 새로운 분야가 탄생한 거지.
나도
한 자리 낍시다!

컴퓨터 모니터를 통해 작품을 읽는다는 것은 결국 문자로 읽는다는 점에서 책과 별 차이가 없지만

개인적 경험에 불과했던 독서 행위가 컴퓨터를 통해 독특하고 다양한 문화적 체험을 제공해 주는 새로운 형태로 변화했어.
우린 연결되어 있어!

컴퓨터 매체 시대에 독자는 더 이상 작품을 읽기만 하는 사람이 아니라

작품에 즉각 반응하고 작품을 창작하는 작가의 역할을 하기도 하지.
이 글 올리신 분!
내가 할 말이 좀 있어요!

또 인터넷이라는 소통 공간은 문학 강좌나 문학 동호회를 통해 작품을 소개하고
우리 카페에 잘 오셨어요!
일단 로그인 하시고요!
운영자
문학 강좌

유명 작품에 대해 해설하고 평가하는 활동을 가능하게 하며
웬 리플이 이렇게!
김 작가님, 저희 의견이 어떤가요?

누구든 작품을 올릴 수 있어 독자들에게 보다 많은 독서 체험의 기회를 제공하지.

컴퓨터는 단순히 문학 작품을 감상하고 수용하기만 하던 전통적인 독자를

다양한 방식으로 직접 문학 활동에 참여할 수 있게해서

문학을 양방향 소통이 가능한 형태로 바꾸었어.

컴퓨터와 인터넷이 보편화되면서 인터넷 문학은 더 많이 확산되고 있는데
자…인터넷
전화. IPTV
가입하시면
공짜…
IT 코리아
100 광고!

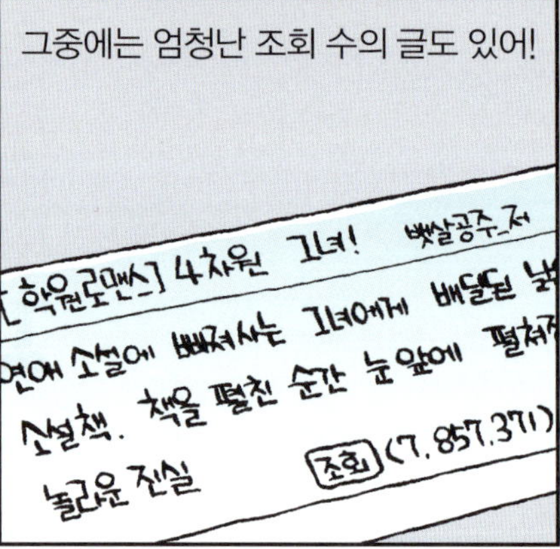

그중에는 엄청난 조회 수의 글도 있어!
[학유 로맨스] 4차원 그녀! 뱃살공주 저
연애 소설에 빠져사는 그녀에게 배달된 낡
소설책. 책을 펼친 순간 눈앞에 펼쳐진
놀라운 진실
조회 (7,857,371)

인터넷 문학은 누구나 부담 없이 자신의 생각을 표현할 수 있고
다음 편을 써 볼까?
뱃살 공주

기존 문학에 대한 고정 관념을 깬다는 점에서 긍정적인 역할을 하지.

또 조회 수가 많을수록 그 내용에 대한 관심이 많다는 증거이기 때문에
조회 좀 해 주삼!

인터넷 문학은 영화 제작자들에게 큰 관심을 받기도 해.
요즘 인터넷에서 대박인 소설 인데요.
4차원 그녀! 조회수 천만 돌파!
투자합시다!

하지만 인터넷 문학은 심각한 언어 파괴를 가져오고
솔까말 츤데레 주제에 눈팅이나 하지….
진짜 므훗하게 생겼더라… 완전 정줄놓아.

문학의 질을 떨어뜨린다는 문제점이 있지.

인터넷 문학이 확산될수록 문학 작품은 더 경박해지고
질 낮은 오락물로 전락할 것이라고 예상하는 사람들도 많아.
좀 짜릿한 거 없나?
나도 한번 써 볼까?

문학을 단순한 오락 상품으로 생각할 때
기왕 쓰는 거
대박이 나야 하는데….

수준 낮은 인터넷 문화가 문학의
본질에까지 영향을 줄 수 있기 때문이야.
요즘 뜨는 얘기가 뭔지 좀 찾아 보자.

인터넷 공간으로
문학 작품이 들어올 때
좋아, 일단 연애 이야기에….

깊은 생각을 요구하는 진지한
작품보다는
아, 그러면 안 본다니까요!
작품구상 하는데 자꾸 시끄럽게…

흥미 위주의 가벼운 글과 엽기적이고 자극적인 소재만 가득한 글만이
존재할 수도 있어.
재벌 상속자와 만나는 신데렐라 이야기에
출생의 비밀
불치병까지 섞고
기억 상실증
복수!
인공색소 자극적인 조미료… 듬뿍 넣는 거야!

자극적인 글의 좋은 예가 앞에서 소개한 '님의 잠수?'라고 할 수 있지.

그리고 소설의 경우 긴 호흡의 장편은
사라지고
당연하지!
으잉

짧은 단편이나 꽁트만 남을지도 몰라.
요즘 누가 긴 글을 읽어?
잊을 수 없는 짜릿한 맛이군.
질려서 많이 먹기는 어렵겠어!

나 : 지..지훈아..넌..온화한 눈매루 쳐다박두 무서워.^^;
그넘 : 흠... 마치 그쪽의 얼굴 상태처럼?-_-
나 : 자....너처럼이 영어루 몰까.^^;;;;
그넘 : ...._-_ㅁ....흠......like you?
나 : 그래.-_- 니넘의 그런맘 다 알아.(토닥토닥..)

– 박연선, 『동갑내기 과외하기』 중에서.

우선 축약어는 속도를 중시하는 인터넷의 특징상 등장한 언어인데.
무조건 줄여야 편해

우리말에만 나타나는 현상이 아니라 전 세계적인 현상이야.
WRUD(=What are you doing) 뭐 하니?

IMS(=I'm sorry) BI5(=Back in 5minute). 미안, 5분 안에 올게.
딩동!
나가요!

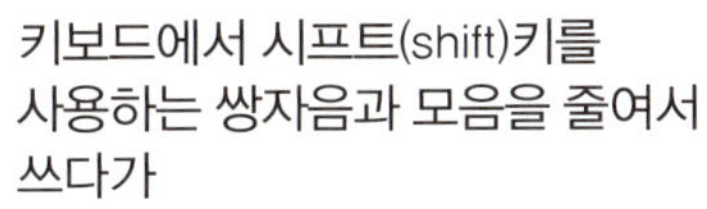

키보드에서 시프트(shift)키를 사용하는 쌍자음과 모음을 줄여서 쓰다가

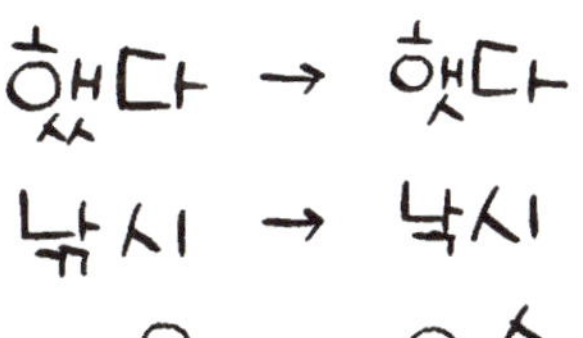

했다 → 햇다
낚시 → 낙시
어서와 → 어솨

지금은 '크크크' 등의 말이 'ㅋㅋㅋ'로 변화했지.
ㅋㅋ…!

인터넷이 속도를 추구하는 이상 축약어 자체를 나쁘다고 할 순 없어.
투타타타타!

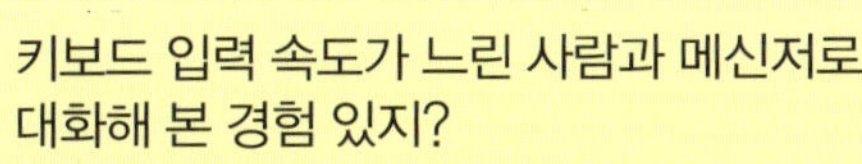

키보드 입력 속도가 느린 사람과 메신저로 대화해 본 경험 있지?

미안… 답답하지… 나… 독수리야.

하지만 축약어는 지금 당장보다 미래에 문제가 될 수 있어. 지금이야 문맥을 통해 단어의 의미를 알 수 있지만
도대체 무슨 말이지?
ㄱㅅ → 감사
ㅊㅋㅊㅋ → 축하축하
ㅎ2 → 하이(Hi)

미래에도 그러리라고 장담할 수 없기 때문이야.
아이고… 어솨 내 새끼들. 방가방가.
지금 뭥미?
우할… 요말 케늑심.
우보 방말 짠냅 피링~.
60년 뒤에는 이럴 수도 있어.

다음은 외계어에 관한 이야기야.
처음에는 그저 언어의 모양을 간단히 바꿔
신선하고 새로운 느낌의 글자체를 만드는
수준이었어.
안녕하세횸

하지만 요즘 외계어를 사용하는 사람들은 한글과 비슷한 외국어 및 특수 문자를 이용해서
언어를 변화시키고 있어.

그런데 그건 언어 자체를 변화시키기
때문에

처음 보는 사람은 알아볼 수 없는 수준까지 변하게 돼.
알아듣게는
써야 할 거 아냐?
어응

게다가 외계어는 속도를 중시하는 인터넷의 특성에도 맞지 않아.
한글에 한문, 외국어, 특수 문자를
조합해서 쓰면 입력 속도가 떨어지거든.
쓰지 말라니까!

이모티콘의 사용 역시 심각한 문제야.
넌 누구냐?!
(∩)(∩)
(＊˙ω˙)
(-m-m)

인터넷에 연재되어 폭발적인 인기를 누렸던
귀여니라는 작가의 경우
그놈은 멋있었다
귀여니
다섯개의 별
귀여니 ☆
귀여니
늑대의 유혹
도레미파솔라시
도
귀여니
내 남자친구
에게
귀여니

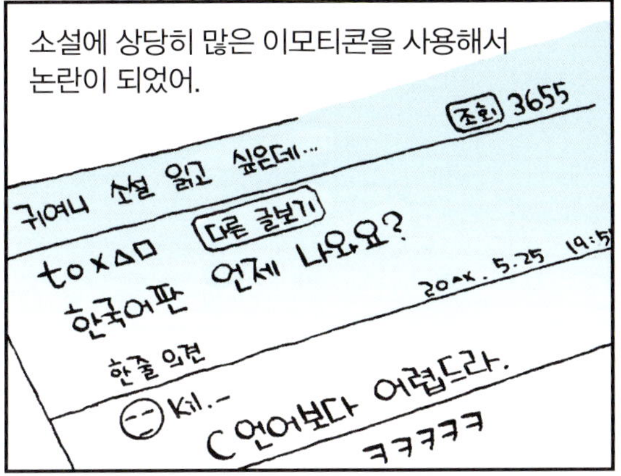

소설에 상당히 많은 이모티콘을 사용해서
논란이 되었어.
조회 3655
귀여니 소설 읽고 싶은데…
다른 글보기
한국어판 언제 나요요?
한줄 의견
Kㅔ.-
C언어보다 어렵드라.
ㅋㅋㅋㅋㅋ

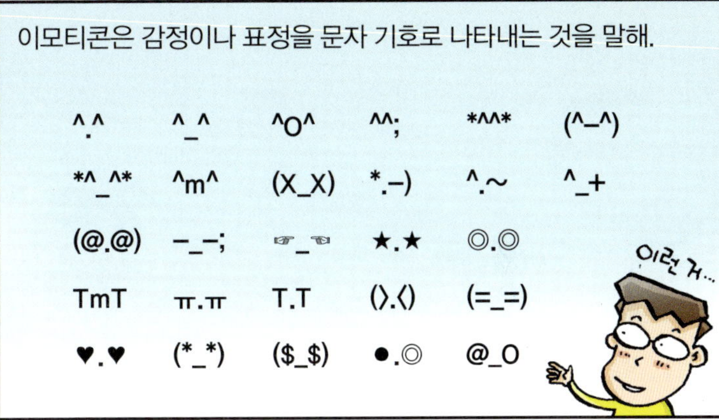

이모티콘은 감정이나 표정을 문자 기호로 나타내는 것을 말해.
^.^   ^_^   ^O^   ^^;   *^^*   (^_^)
*^_^*   ^m^   (X_X)   *.-)   ^.~   ^_+
(@.@)   -_-;   ☞_☜   ★.★   ◎.◎
TmT   π.π   T.T   ).((=_=)
♥.♥   (*_*)   ($_$)   ●.◐   @_O
이런 거…

이모티콘은 감정이나 표정을 형상화하기
때문에 글을 읽는 능력을 요구하지는 않아.
무슨 뜻일까?
그냥 웃는 얼굴
아닐까요?
21세기
문자인데…
^_^
박사님..

문제는 이것이 글 속에서 거의
도배되고 있다는 거야.
--,

이들은 부족한 글쓰기
능력을 이모티콘을
통해 보충하고 있는
거거든.

겉으로 볼 때는 내용을 쉽게 이해하도록
돕는 것 같지만
중간에 이모티콘이 있으니
쉽고 재미도 있고
이해도 쉬워요!

이 때문에 글을 통한 상상의 여지가 없어지고
만다는 문제가 있어.
이모티콘
상상력

'그는 미소를 지었다.'라는 문장을 읽으면

우리는 그 표정을 머릿속에 한번쯤 상상해 보게 되지.
그는 미소를 지었다

하지만 이것이 이모티콘의 이런 (^0^) 형태로 표현된다면
^0^

상상의 여지가 사라져.

결국 다양한 표현이 없어지는 거야.
단순한 표현만 쓰다 보면 사용하지 않는 표현은 결국 사라지지!

언젠가는 '미소'라는 단어가 (^0^)로 바뀔지도 몰라.

그렇다면 이런 문제점 때문에 인터넷 문학은 필요 없는 것일까?

『장길산』이란 작품으로 유명한 소설가 황석영은 인터넷 문학의 활성화를 강조했어.
문단에서 온라인 진출은 원원전략이다!
인터넷 이용자가 많아질수록 콘텐츠 수준을 업그레이드하고 싶은 욕구가 늘어났다.
황석영 (1943~   )
… 젊은 독자들이 읽어 주길 …

인터넷을 통해 많은 독자들을 확보해야만

디지털과 아날로그가 상호 보완하게 되고 문학의 발전을 가져올 수 있다는 거지.
인터넷에 연재하면 출판이 죽는다는 건 괜한 걱정이야!

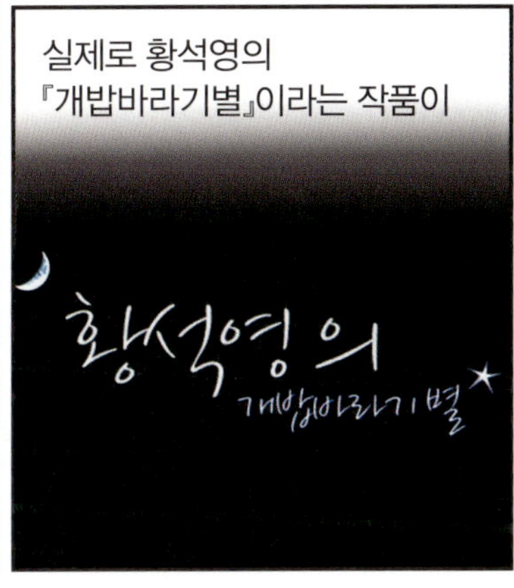

실제로 황석영의 『개밥바라기별』이라는 작품이
황석영의 개밥바라기별

인터넷에 5개월 동안 연재돼 190만 명의 독자가 방문하기도 했지.
와글
와글

또 공지영, 정이현 등의 베스트셀러 작가들도 인터넷에 소설을 쓰면서 각광을 받고 있지.
동트는 새벽
무소의 뿔처럼 혼자서 가라.
너는 모른다
공지영 (1963~)
정이현 (1972~)

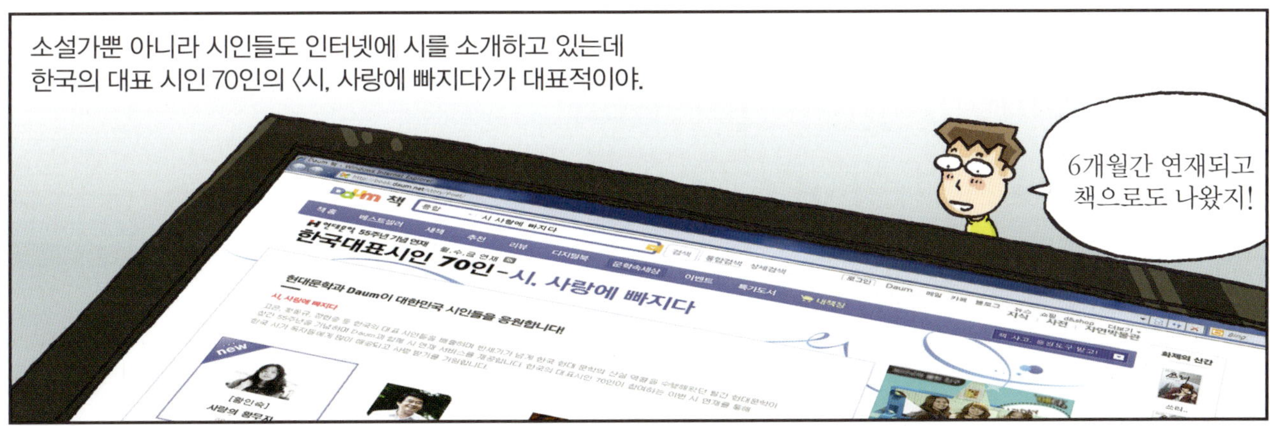

소설가뿐 아니라 시인들도 인터넷에 시를 소개하고 있는데 한국의 대표 시인 70인의 〈시, 사랑에 빠지다〉가 대표적이야.
6개월간 연재되고 책으로도 나왔지!
한국대표시인 70인 - 시, 사랑에 빠지다
현대문학과 Daum이 대한민국 시인들을 응원합니다!

이 작품들은 90년대 PC통신으로 연재되던 인터넷 문학과는 차이가 있어.

과거 PC통신의 작품들이 아마추어 작가들에 의해 판타지나 무협지 등 장르 문학 위주로 쓰였다면
아틀란티스 광시곡
이성수
퇴마록
이우혁
드래곤 라자
이영도
하얀 로나프강
이우혁
레기오스
임달영
바람의 마도사
김근우

해당 편집자가 블로그를 통해 작품을 발표한다는 점에서 차이가 있지. 그래서 최근의 인터넷 문학을 '블로그 문학'이라고도 해.

한편 인터넷은 자체적으로 새로운 문학 장르를 만들어 내기도 했어.
대표적인 예가 '릴레이 문학'이리고 할 수 있어.

동일한 발표 공간을 공유하며 실시간으로 글을 올릴 수 있는 인터넷은
릴레이 문학 창작에 가장 적합한 환경을 제공해 줬지.

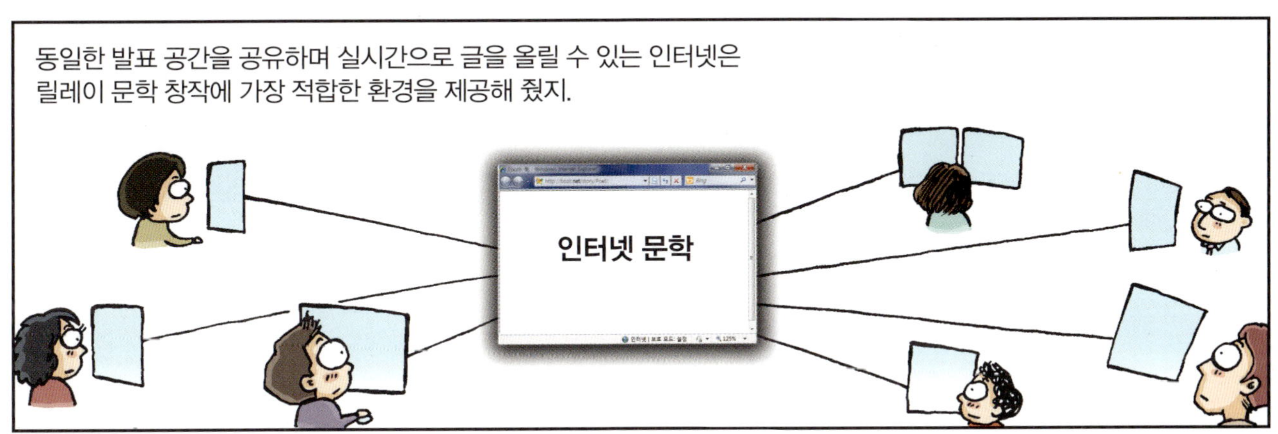

김수영 시인의 「풀」을 씨앗글로

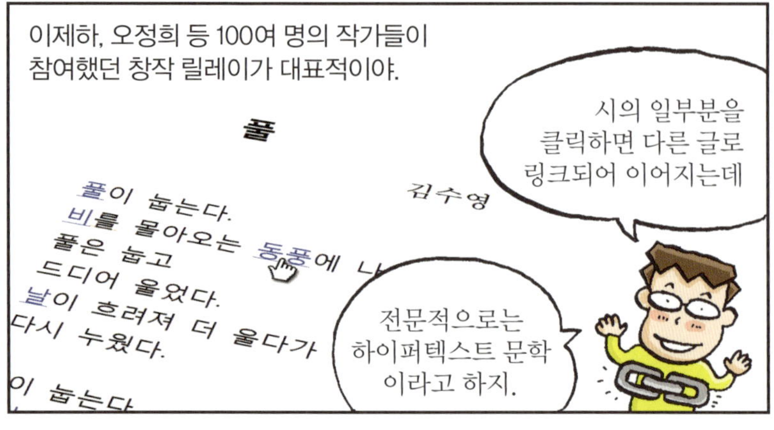

이제하, 오정희 등 100여 명의 작가들이 참여했던 창작 릴레이가 대표적이야.
시의 일부분을 클릭하면 다른 글로 링크되어 이어지는데
전문적으로는 하이퍼텍스트 문학 이라고 하지.
풀
김수영
풀이 눕는다.
비를 몰아오는 동풍에 나
풀은 눕고
드디어 울었다.
날이 흐려져 더 울다가
다시 누웠다.
이 눕는다

물론 작가에 따라 다른 생각을 하기 때문에 작품의 일관성을 유지하기 어렵지만
다양한 수준의 요리사 100명이…
합께 만든 요리입니다!
헷갈리는 맛이군요!

인터넷과 문학이 만들어 낸 새로운 실험 문학이라는 점에서 의미가 크지.
최초의 시도였으니 너그럽게 좀….
참신안 맛입니다!

하지만 이런 몇 가지 특징을 제외하면 인터넷이 문학에 미친 영향은 그리 크지 않아.
그냥…
지나가는 거였어?
인터넷
문학

최근 각광받는 인터넷 문학의 경우 기성작가들의 장편 연재가 대부분이지만
황석영
박범신
은희경
이제하
김종광
김진규

기존의 신문 연재와 비교해서 차이점이 별로 없어.
단지 신문사 역할을 포털 사이트가 하는 거죠!

작가들은 대부분 직접 블로그에 작품을 올리는 것이 아니라 편집자에게 원고를 넘기고, 편집자가 게시판이나 블로그에 글을 올리는 형태야.
네, 작가님.
편집부
원고 잘 받았습니다.
필요하면 삽화도 넣고.

따라서 독자들 댓글이 실시간으로 작가의 창작에 영향을 미치지는 않아.
박 기자님, 요즘 독자들 반응이 좀 어때요?
아… 난 직접 댓글 보는 게 부담스러워서.
음… 그 정도면 됐어요!

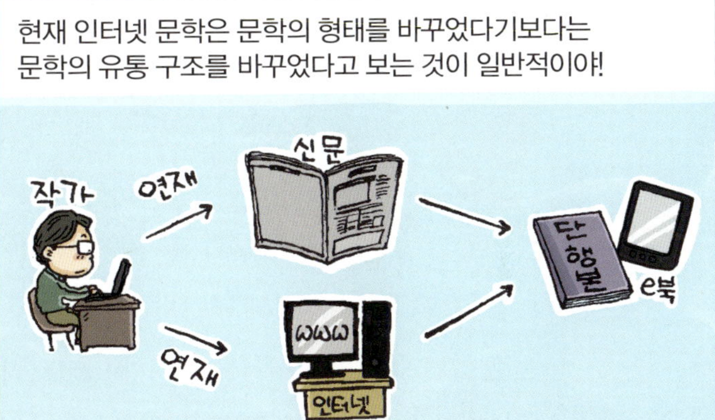

현재 인터넷 문학은 문학의 형태를 바꾸었다기보다는 문학의 유통 구조를 바꾸었다고 보는 것이 일반적이야!
작가
연재
연재
신문
www
인터넷
단행본
e북

인터넷 문학이 하나의 장르로 자리 잡기 위해서는 문학적 소양을 갖춘 인터넷 전문 작가들이 많이 탄생해야 해!
어?
인터넷 문학
포장만 그럴듯하지 내용물은 형편없잖아!

기성 문인들은 다리를 놓는 역할을 할 수는 있지만 한계가 뚜렷하거든.
신문에서 연재하던 작품을
새로운 건 별로 없어요!
인터넷에서 해 보는 거죠!

인터넷 문화는 기존의 문학 형식에서
벗어나 인터넷 매체의 특성을
활용할 수 있어야 하기 때문이야.

작가와 작품 장르의 다양성이
확보되고

인터넷을 통해 새로운 양식이
형성될 수 있는 가능성이 나타나고

컴퓨터 화면에 맞게 짧은 호흡을 갖춘 문체가 등장한다면
인터넷은 문학 작품의 생산 및 존재 방식에 엄청난 변화를 일으킬 거야.

인터넷이 작가와 독자 사이의 원활한 소통을 돕고

인터넷으로 문학을 접하는 독자가 늘어나면 본격적인 문학의
반열에 오르지 못한 작품들도 일정한 수요가 있을 거야.
인터넷 문학

결국 인터넷을 어떻게 사용하느냐에 따라서

문학에서 인터넷이 독이 될 수도 약이 될 수도 있겠지?

문학의 전성시대는 과거가 아니라 미래다!

기원전 105년 중국의 채륜이 종이를 발명한 뒤 수많은 이야기들이 책을 통해 전 세계로 전파되었어요. 어릴 적 할머니가 들려주시던 전설은 전래동화가 됐고, 주변에서 흔히 볼 수 있는 재미난 이야기들은 소설이 됐죠. 그런데 최근에는 이런 이야기들이 책 대신 스마트폰이나 컴퓨터를 통해 전파되고 있어요. 요즘엔 지하철이나 버스에서 아이폰이나 노트북으로 글을 읽는 사람을 흔하게 볼 수 있어요. 더 나아가 아이패드와 같은 태블릿 컴퓨터의 출현은 디지털 독서를 더욱 활성화시킬 예정이에요. 이제는 문학도 책이 아니라 인터넷을 통해서 만나는 것이 훨씬 쉬워졌다는 이야기에요.

마이크로 블로그 중 하나인 트위터에는 날마다 50여만 명이 접속해요. 트위터란 컴퓨터 또는 스마트폰으로 140자 이내의 글을 올릴 수 있는 온라인 소통 수단을 말해요. 트위터에는 글을 쓰는 작가들도 매우 많아요. 그렇다면 작가들은 트위터를 어떻게 사용할까요? 작가들은 동료 작가들을 포함한 지인이나 독자들과 소통하기 위해서 트위터를 사용하기도 하고, 일기장이나 수첩처럼 자신의 소소한 일상을 기록하기 위한 수단으로 트위터를 사용하기도 해요. 이는 일반인들이 트위터를 사용하는 방식과 크게 다르지 않아요. 그러다 보니 트위터 속에서 작가와 독자는 책을 통해서 만나는 것보다 훨씬 쉽게 소통할 수 있게 돼요.

소설가 이외수는 독자와의 소통에 가장 적극적인 작가예요. 그는 트위터에 거의 매일 글을 올리고 많은 네티즌들은 그가 트위터에 올린 글을 읽어요. 이 때문에 그의 글은 많은 사람들에게 영향을 미쳐요. 이런 영향력 때문에 그에게는 영

요즘엔 다양한 기기로 문학 작품을 감상할 수 있어요.

화 〈반지의 제왕〉에 나오는 마법사 '간달
프'라는 별명이 붙어 있어요. 다른 작가들
은 트위터를 통해 새 책을 출간한다는 소
식을 전하거나, 작가들이 새로 쓰게 된 책
의 제목을 독자들에게 공모하는 공간으로
사용하기도 해요.

많은 작가들이 트위터를 통해 독자들과 만나고 있어요.
© twitter.

　작가들이 트위터에 올려놓은 기록을 통
해 일반 독자들은 작가들의 일상과 내면을
들여다볼 수도 있어요. 소설가 김탁환은 트위터에 "퇴고란 내가 쓴 걸 보면서 잘
못된 부분을 찾고 더 나은 문장으로 고치는 것. 집중해서 고치다 보면 몸의 기가
막 빠져 나간다."라고 썼는데 이를 통해 우리는 소설 쓰기의 어려움을 깨닫게 돼
요. 또 작가들의 트위터에는 시의 한 구절을 옮겨 놓은 것처럼 멋진 문장들이 많
아요. 우리는 이를 통해 독자들은 자연스럽게 글을 쓰는 방법을 익힐 수도 있다.

　작가들이 트위터에 올릴 글들을 보면 그들도 일반 사람들과 다르지 않다는 것
을 알게 돼요. 다만 일반인들이 글로 표현하지 못하는 것을 뛰어난 감성으로 표
현하는 사람이 작가들이라는 생각에 오히려 글 쓰는 작가들에 대한 존경심이 생
겨나기도 해요. 이처럼 문학은 인터넷을 통해 독자와 더 가깝게 소통할 수 있고,
독자들에게 감동을 직접적으로 전달할 수 있게 되었어요. 이 점은 미래의 문학
이 절망이 아니라 오히려 희망의 편에 서 있음을 말할 수 있는 근거가 돼요.

8장 컴퓨터 게임 속에 문학이 있다

반면에 교육학이나 사회학에서는 게임으로 문제 해결력과 사회성을 키울 수 있다고 해.
물론 게임에 따라 달라요.

또 정부에서는 진정한 21세기 고부가가치 산업이라고 장려하기도 하지.
게임 코리아 화이팅!
굴뚝 없는 공장!

도대체 게임은 좋은 걸까? 나쁜 걸까?

내 생각엔 모두 너무 극단적이어서 틀렸어!
그럼 뭐가 정답인데?
...엄

어느 쪽도 게임 자체를 의미 있는 문화 현상으로 보려는 태도가 아냐!
게임해 본 적이 없나 봐!

이들 모두 게임 외적인 요소에만 초점을 맞추고 있어.
게임 때문에 공부를 안 해.
게임의 교육적 측면을….
청년 실업을 줄이려면….

소꿉놀이를 한번 생각해 보자.
여자아이는 엄마 역을 남자아이는 아빠 역을 맡고 각자 맡은 역에 따라 행동을 하잖아.
자, 밥 먹자. 아빠 불러 와!
빨리 먹고 회사 가야지.

여기서 놀이는 아이들이 참여해서 만드는 이야기야!
오늘도 술 먹고 늦게 오면 알지?
알았어.

연극은 연기로 행해진다는 면에서 놀이와 깊은 관계가 있지.
그래서 영어로 연극은 '놀이(play)'라고 불리는 거야!

놀이와 마찬가지로 컴퓨터 게임을 이야기하기(storytelling) 방식으로 볼 필요가 있어.
우리도 뭔가…
사연이 있지!

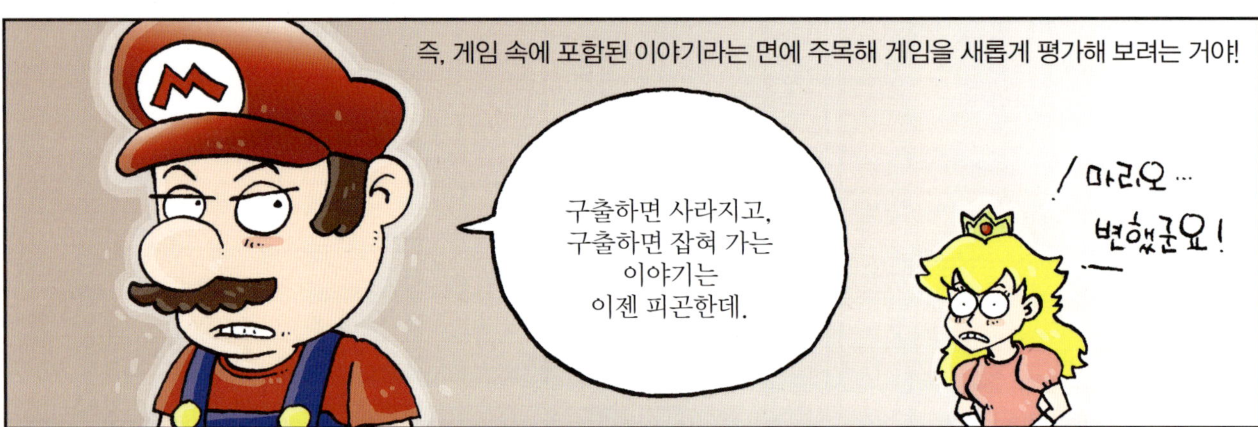

즉, 게임 속에 포함된 이야기라는 면에 주목해 게임을 새롭게 평가해 보려는 거야!
구출하면 사라지고,
구출하면 잡혀 가는
이야기는
이젠 피곤한데.
마리오…
변했군요!

아무리 단순한 액션
게임이라도
Chun-Ri
KO
75
퍽 퍽 퍽 …
Ryu

캐릭터와 과거와 현재, 미래가 있는 공간이 있고
아이고~
춘리, 미안!
아무리
맞아도…
난 너와 사귈
마음이 없어!

다양한 개성이 있는 인물의 갈등과 흥미진진한 사건이
있기 때문이야!
알았다니까!

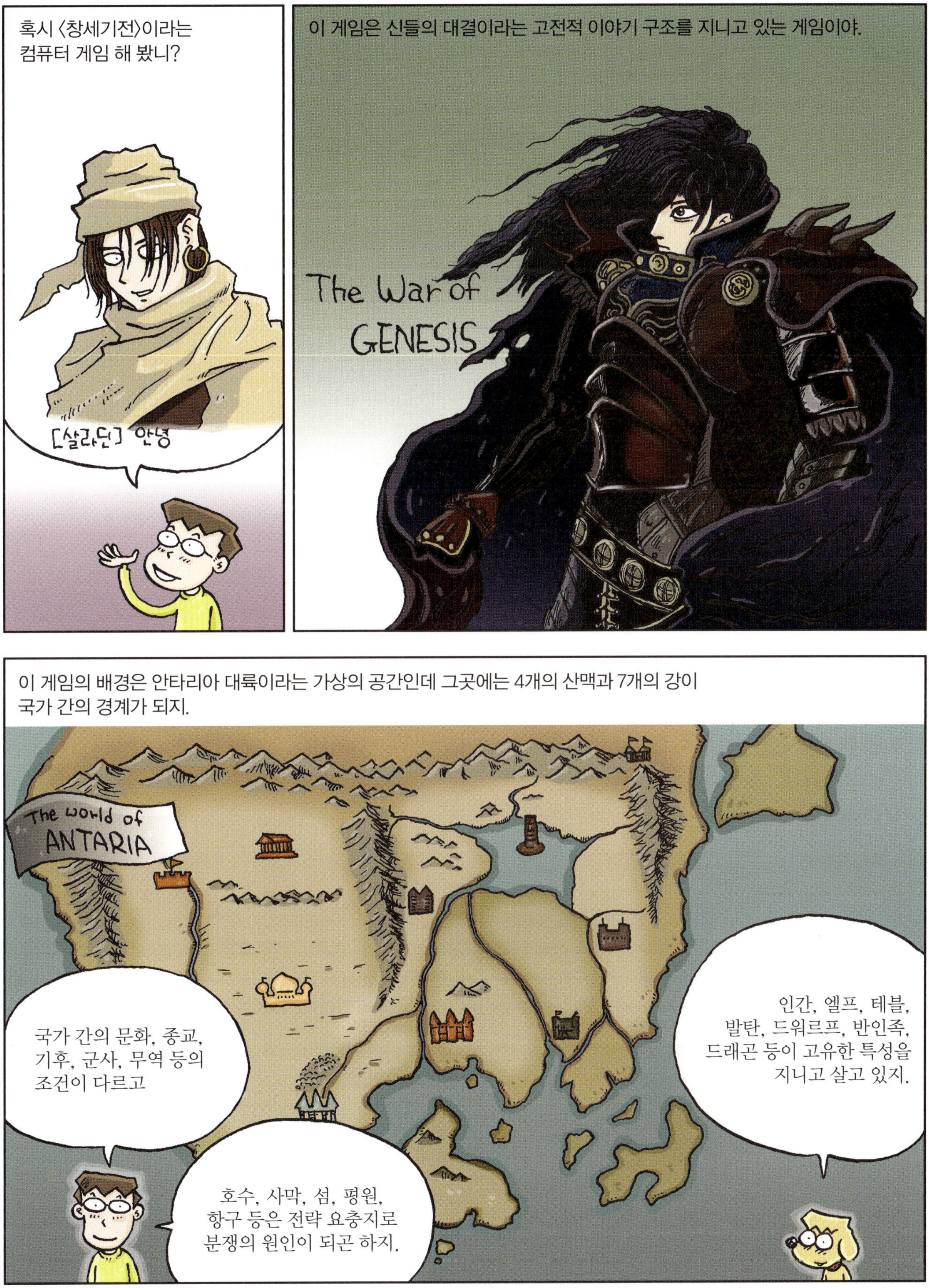

이 게임의 배경은 안타리아 대륙이라는 가상의 공간인데 그곳에는 4개의 산맥과 7개의 강이
국가 간의 경계가 되지.

이런 조건과 능력을 가장 효율적으로
활용하는 사람이 게임에서 승리하는 거야!

구체적인 인물도 많이 등장해서 복잡한 관계를 이루지.

이 이야기는 그리스 로마 신화를 연상시키지만

각국의 고유한 역사와 문화를 보면
인류 문명사 전체가 배경이 된 것 같기도 해.

그런가 하면 전투 상황에 등장하는 다양한 전략들은 박진감 넘치는 한 편의 전쟁사를 읽는 듯한 재미를 주지.

이건 게임의 이야기가 인류의 역사, 문명, 예술, 학문, 종교의 유구한 전통을
끊임없이 참조하고 인용한다는 것을 보여 주는 거야.
게임을
우습게
보지 말라고.
THE WAR OF GENESIS
종교
철학
역사
신화

그리고 이런 게임 속 이야기는
일반적 이야기 양식인 문학과 매우 유사해.
다 넣어!
문학
게임
예술
문명
종교
응.
비슷하지?

그렇다면 컴퓨터 게임을 문학으로
볼 수 있을까?
창세기전
THE WAR of GENESIS

문학이라고 했을 때 우리는 흔히 문자로
이루어진 작품을
떠올리잖아.
이건 문자가 거의
없는데?

하지만 문자가 거의 없는 게임도 있고 또 이야기가 바뀌는 게임도
있기 때문에 게임을 고정된 작품으로 보기 어려워.
Mission
FAILED
할 수 없지….
한 판 더!

하지만 생각해 보면 인류가 문자를
사용한 기간은 얼마 되지 않아.
한글
특히 난 500살
밖에 안 돼요.

오히려 말로 하는 구비 문학이
훨씬 더 오래 존재했거든.
그래서
햇님이….

따라서 꼭 문자로
쓰인 것이 문학이라고
할 수는 없어!

20세기 후반에 본격적으로 진행되는 매체 변화는 문학의 개념을 크게 바꾸고 있지!
www
ENTER

먼저 톨킨은 독자가 이야기의 세계에 빠져들도록 독자적인 신화 세계를 만들었어.

또 신화와 비슷한 배경에서 영웅이 활약하는 이야기 형태도 매우 비슷해.

캐릭터를 인간과는 다른 종족이나 기사, 마법사, 도둑 등 다른 직종으로 설정한 점이나

탑이나 동굴 같은 폐쇄된 공간을 무대로 한 점,

마법 체계를 구성하거나 다양한 아이템을 갖추는 방식 등이

모두 톨킨의 소설에서 유래한 게임 구성의 원칙이야.
언어학자였기 때문에
문자도 만들었어.

1974년 『반지의 제왕』을 본떠 만든 게임 〈던전 앤 드래곤〉에서 이런 연관성을 볼 수 있어.
톨킨이 만든 세계관이 고스란히 들어 있는 롤플레잉 게임이야!
DUNGEONS & DRAGONS

그럼 〈스타크래프트〉를 가지고 한번 이야기 해 볼까?
〈스타크래프트〉는 유명한 전략 시뮬레이션 게임이야.

이 게임의 화면 구성은 크게 '이야기 공간'과 '표시 공간'으로 나눠 볼 수 있어.

© Blizzard Entertainment.

표시 장치는 게임이 이뤄지는 곳은 아니지만 이야기 공간에 사건을 발생시킬 수 있고

사건 발생에 관한 정보를 얻을 수 있다는 점에서 중요해.

이야기 공간의 유닛들은 배경이나 등장 인물에 해당하는데

세 종족의 구분과 선택은 종족의 역사와 특성 그리고 유닛의
유형과 밀접하게 관련되어 있어.

가령 테란의 유닛 가운데 건물은
유연한 이동성이 특징인데,
쳇,
여긴 안 되겠다.
이동!

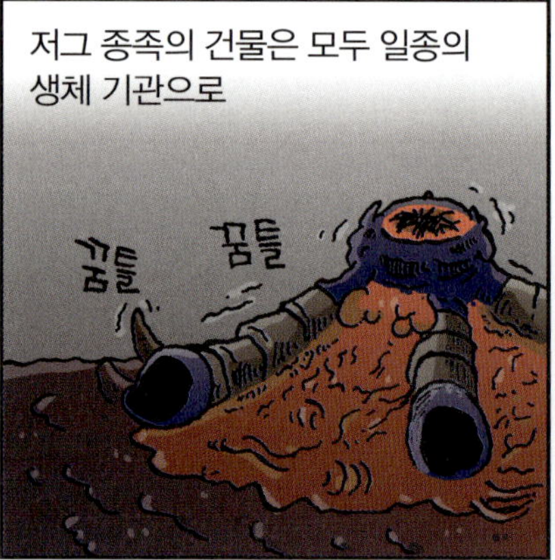
이는 끈질긴 생명력으로 가혹한
환경에 적응하는 테란의
특성을 나타내지.

또 테란의 기원이
지구에서 식민지 개척을 위해
강도, 살인 등의
죄로 지구에서
추방한다!

동면 상태로 우주에 보내진
죄수들이었다는 배경과도
관련이 있어.

저그 종족의 건물은 모두 일종의
생체 기관으로
꿈틀
꿈틀

이 가운데 하나인 해처리(hatchery,
부화장)가 낳은 애벌레들이

변태를 일으켜 병력으로
진화하는 과정을 보여 주지.
캬아!

또 프로토스 종족은 고도의 기술과 초능력을 결합해
은하계에서 가장 발달된 종족이라는 특성을 지니고 있어.
예~.
우리 편이
되어라!
야!

이런 유닛의 특성과 역사적 기원은
각각의 전투 방법에 영향을 미치지.

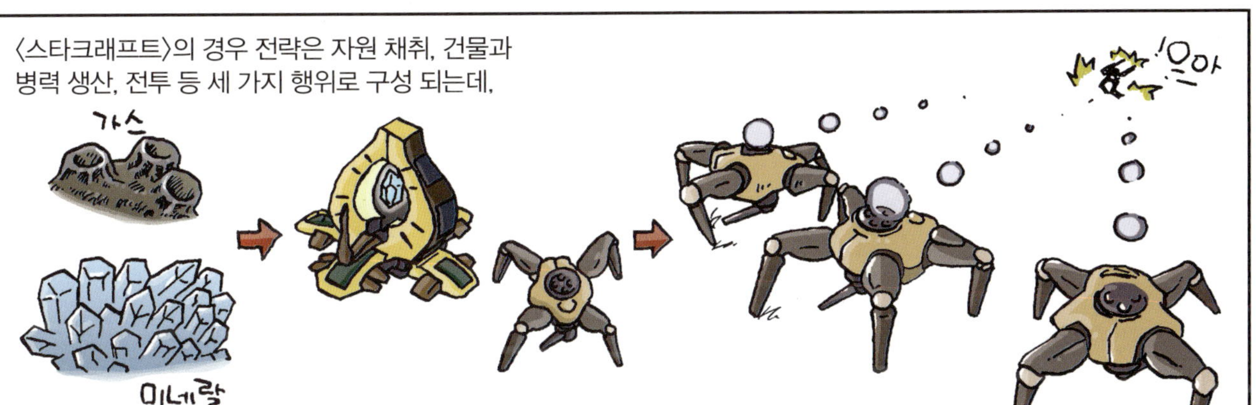

〈스타크래프트〉의 경우 전략은 자원 채취, 건물과
병력 생산, 전투 등 세 가지 행위로 구성 되는데,
가스
미네랄
으아

이 세 가지 행위의 실행과 조합은
곧 사건을 의미해!
제발
지원군을
좀….
와글 와글

그래서 이야기 공간의
구성 요소들은 사건의
내용을 결정한다고
볼 수 있지.
펑

이처럼 컴퓨터 게임 속에는
문학의 고유 특성인
우리한테
문학의
특성이
있어?

배경 스토리와 캐릭터가 있고

시간과 공간의 설정이 게임의 결과에 중요한 요인이 되지.

이런 점에서 문학과
컴퓨터 게임의 비슷한 점을
찾을 수 있어.

물론 컴퓨터 게임은 그 자신만의
독특한 이야기 방식도 지니고 있어.
PLAY
SAVE
LOAD
QUIT

이건 주로 매체의 특성
때문인데
Back Space
ENTER
Shift

컴퓨터 게임은 사용자가 데이터를 입력하면 해당하는 값을 출력하는 방식이지.
뭐해?
데이터 입력 중이야!
그러니까 컴퓨터 게임은 사용자와 컴퓨터 간의 입력과 출력의 관계를 구조화한 프로그램인 거야.
마우스 왼쪽 버튼을 누른 거야?
GAME
그렇다면 너는….

따라서 게이머는 게임 속에서 끊임없이 이야기를 만들어 갈 수 있어.
싸우고 싶지 않아. 맘껏 때려!
이건 새로운 이야긴데.

컴퓨터 게임은 시작과 결말이 정해진 상태에서 게이머가 중간 과정을 채워 가는 방식으로 구성되는 경우가 많은데
결국 내가 이기게 되어 있거든.
시간과 돈이 많이 들 거야.

이야기의 전개 양상이 게임을 할 때마다 달라져.
사건의 배열 구조가 단일하지 않기 때문이지.
결론
결론에 이르는 여러가지 길

예를 한번 들어 볼까?
게임 시나리오 작법

만약 게임에 '왕과 왕비가 죽었다.'라는 결론이 있다면

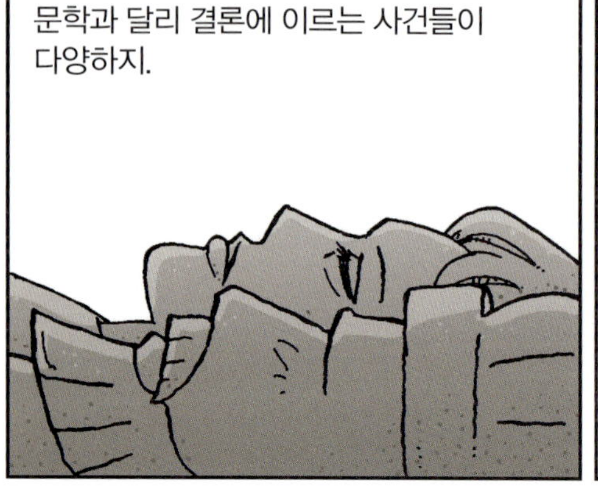

문학과 달리 결론에 이르는 사건들이 다양하지.

이를테면 '이웃나라가 쳐들어와서' '병에 걸려서' '사고가 나서' 등 다양한 이유로 왕과 왕비가 죽을 수 있지.
100살 넘게 잘 살다가
'늙어 죽었다'로 해 줘!

그렇다고 컴퓨터 게임에 일정한 줄거리가 전혀 없는 건 아냐.
어떻게 쓰지?
게임 시나리오

예를 들어 판타지 게임은 보통 일곱 개의 시퀀스(연속적인 사건들)로 이루어진 드라마를 사용하는데
영화 시나리오에 이미 7개의 시퀀스로 구성된
'영웅의 여정' 형식이 있지.
영화시나리오
오~ 그럴 듯 한데….
게임 시나리오

1.
해결해야 할 근본문제가 제시되어 주인공이 활동 목표를 수립하는 발단부

2.
행동을 시작하지만 실패로 끝나는 전개 1부

3.
다른 실마리를 찾아 행동을 시도하지만 또다시 실패하는 전개 2부

4.
좀 더 적극적인 행동으로 꽤 성공을 거두지만 주인공이 어려움에 몰리는 전개 3부

5.
주인공이 최대의 위기에 빠지는 전개 4부

6.
주인공과 적대 세력 간에 정면충돌이 일어나는 결정부

7.
대폭발 후의 평화로운 균형 상태가 제시되는 에필로그

이렇게 보면 컴퓨터 게임에 이야기가 없다고 할 수는 없겠지?

컴퓨터 게임이 문학처럼 예술의 한 분야로 자리매김할지
영화
미술
문학
음악
게임

순전히 엔터테인먼트 산업으로만 남을지는 아직 알 수 없어.
재미있고
잘 팔리면 그만이지!

다만 컴퓨터 게임이 문학에 끼치는 영향력은 무척 클 거야.
GAME
게임

왜냐하면 게임 세대가 기성세대와는 다르게 사물을 인식하기 때문이야.
…너무 바졌어
PLAY

컴퓨터 게임은 많은 놀이 형식 가운데 경쟁과 갈등을 가장 많이 요구해.
53

따라서 게이머에게는 속도가 생명이지.
손이 안 보여!
투타타타!

그래서 게임에 익숙한 사람은 기존의 문학 작품이 지루하게 여겨질 수 있어.

또 문자와 달리 영상은 감성적이고 직관적인 감각을 요구해.
게임 세대는 영상 세계의 감각적 속성을 공간에 적용하려고 하지.

결국 이야기라고 하면 문학 작품을 떠올리는 기존의 인식을 벗어나려고 할 거야.

게임에 익숙해져 사물을 다르게 인식하는 세대가 문학 작품을 변화시키게 되는 거지.
문학
어휴…
53
적성에 잘 안 맞는데….

그런데 난관을 헤쳐 나가는 과정은 컴퓨터 게임을 해롭게 만들기도 한단다.

컴퓨터 게임은 문학뿐 아니라 산업의 성장에도 큰 영향을 끼치게 되었지만
동시에 불법 아이템 거래, 게임 중독 등의 부작용도 낳고 있어.

게임 〈열혈강호 온라인〉의 한 장면. ⓒ MGAME Corp.

ⓒ Electronic Arts Inc.

게임 세대가 변화시키는 미래의 문학

게임은 자라나는 청소년들이나 앞으로 다가올 미래에 어떤 영향을 주고 있을까요? 지금 자라나는 세대들은 게임과 함께 성장하고 있어요. 이 때문에 게임과 청소년들의 관계, 그리고 이것이 미래 사회를 어떻게 변화시킬지 생각해 보는 것은 매우 중요해요. 또한 우리는 이를 통해 미래 사회의 문학, 게임과 문학의 관계 등도 같이 생각해 볼 수 있을 거예요.

영화가 문학에 끼친 영향을 살펴보는 것은 좋은 참고 자료가 될 수 있어요. 영화는 문학에 어떤 영향을 끼쳤을까요? 영화가 처음 나왔을 때만 해도 많은 사람들은 영화 때문에 문학이 곧 사라질 것이라고 예측했어요. 하지만 영화가 많은 사람들에게 사랑받는 지금도 문학의 영향력은 결코 약해지지 않았어요. 영화가 문학을 없애고 있다기보다는 두 분야의 교류가 이루어지고 있는 것이죠. 결국 영화와 문학은 자기만의 독특한 특성을 지니면서 변화해 가고 있어요.

하지만 게임이 문학에 끼치는 영향은 영화가 문학에 끼친 영향력보다는 훨씬 클 거예요. 이렇게 말할 수 있는 이유는 게임이 상호작용성을 바탕으로 하고 있는데다가 자극의 정도가 영화보다 훨씬 크기 때문이에요. 사실 사람이 영화를 받아들이는 방식은 문학 작품을 받아들이는 방식과 비슷해요. 영화는 책이나 글자 형태로 나타나는 문학 작품의 내용이 영상으로 바뀐 것뿐이에요. 관객들은 영화를 보면서 영화의 내용을 그저 말없이 수용할 뿐이죠. 이는 독자들이 문학 작품을 읽으면서 내용을 받아들이는 방식과 거의 같아요.

요즘 아이들은 게임과 함께 자라요.

　반면 게임은 게이머가 게임에 직접 참여해야 해요. 영화를 보거나 문학 작품을 읽을 때와는 달리 게임 속 캐릭터를 직접 조작해야 하는 것이죠. 또한 최근의 게임은 게이머가 빠르게 반응할 것을 요구하기 때문에 게임을 하는 게이머의 조작은 빨라지고 집중력과 긴장도는 높아져요. 이에 따라 게임을 하면서 자라난 세대는 기성세대와는 다르게 사물을 받아들여요. 빠른 게임 화면에 익숙하다 보니 글자로 이루어진 문학은 지루하고 따분한 것으로 받아들일 가능성이 있는 것이죠. 이렇게 게임이 만든 변화가 문학에도 큰 영향을 미치고 있어요.

문학과 게임은 모두 문제를 해결하는 능력을 기를 수 있어요.

　또 게이머는 게임을 하면서 어려운 문제를 해결해야 해요. 이를 통해서 게이머는 구체적인 상황에서 복잡한 과제를 처리하면서 문제를 해결하는 능력을 기를 수 있어요. 문학 작품 속 주인공 역시 어려운 상황을 극복해 나가지만, 독자들은 그것을 간접적으로 경험할 수밖에 없다는 점에서 차이가 있어요.

　많은 사람들은 문학이 간접 경험을 통해 상황을 판단하는 능력과 문제를 해결하는 능력을 길러 준다고 해요. 이런 관점에서 본다면 문학보다는 오히려 게임이 훨씬 효과적이고 직접적인 교육이 될 수도 있어요. 결국 문학은 게임을 잘 알아야 게임과 함께 자라난 세대가 중심이 되는 미래 사회에 적응할 수 있을 거예요. 물론 게임 역시 문학의 장점을 받아들이려는 노력이 필요하겠죠?

9장 카메라를 만년필처럼 쓰다
I'm your father!
문학

우리는 지금 영상이 절대적인 위력을 발휘하는 시대를 살고 있어.
이런 현상은
문학에서도 예외가 아니야.

요즘 많은 사람들은 책보다 영화를 통해서 먼저 문학을 접하지.
DVD ROM
백 경
DVD
레미제라블

그건 짧은 시간 안에 많은 이야기를 전달할 수 있는 영화의 장점 때문이야.
저건 뭔데 저리 두꺼워?
바쁘다…

또 휴대전화나 각종 모바일 기기로 언제 어디서나 영화를 볼 수 있는 기술이 발달했기 때문이지.

그렇다면 영화의 영향력 때문에 문학의 힘이 약해졌을까?

사실은 막강한 힘을 가진 영화도 문학으로부터 많은 혜택을 받으며 성장하고 있어.

우리는 감명 깊게 읽었던 소설이 영화로 만들어졌을 때
나니아 연대기

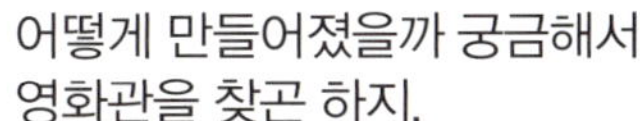

어떻게 만들어졌을까 궁금해서 영화관을 찾곤 하지.

반대로 원작 소설이 있는 영화를 보고 큰 감동을 받았다면

그 소설을 찾아 읽으며 더 큰 감동을 받기도 하지.
BEST SELLE
1   2
나니아 연대기

그런 과정에서 잘 이해하지 못했던 점을 알게 되기도 하고
!
나니아 연대기

원작을 잘 표현한 영화 장면에 감탄하기도 하지.

따라서 문학과 영화의 관계를 살피는 것은 새로운 예술을 창조하는 밑거름이 될 수 있어.

오늘날 문학은 음성과 문자뿐만 아니라

라디오, TV, 영화, 컴퓨터, 게임 등 다양한 매체를 활용하고 있어.
♪

한 편으로는 문학의 위기라고 말하기도 하지만
문학
새로운 매체의 늪

다른 관점에서 보면 이는 문학의 새로운 기회라고도 할 수 있어.

문학이 문자와 책이라는 한정된 매체에서 벗어나

다양하게 모습을 바꾸어 대중에게 전파될 수 있는 환경을 만났기 때문이지.
라디오
e북

하지만 문학과 영화는 상당한 차이가 있어.
문학은 글로 표현하지만
영화는 영상으로 표현해!

문학 작가는 펜으로 작품을 쓰지만 영화감독은 카메라로 작품을 쓰지.

이런 구체적인 차이점을 이해해야만 둘의 관계를 잘 파악할 수 있을 거야.
이제 구체적인 작품을 통해 문학과 영화의 상관성을 살펴볼까?

앞에서 이문열의 소설 『우리들의 일그러진 영웅』에 대해 얘기했던 것 기억나니?
중학교 교과서에 실려 있는 작품이야.
우리들의 일그러진 영웅
이 문열
하지만 소설 전체를 읽어 본 사람은 많지 않을 걸.

이 작품은 자유당 정권(1948~1960년)을 배경으로 벌어진 이야기로 주인공 한병태의 회상 형식으로 구성되어 있어.
내가 다닐 학교다
…완전 시골…

서울에서 큰 학교를 다니다 시골로 전학 온 병태는 초라한 학교와 꾀죄죄한 담임 선생님에게 실망하지.
저리 빈자리에 가서 앉아.
우충충…

그리고 학급 급장인 엄석대의 폭압적 통치에 저항하지만
야, 물 떠와!
싫어! 내가 왜?

끝내 다른 아이들처럼

그의 하수인이 되고 말아.
아…
행복하다!

소설은 한병태가 엄석대에 대한 대립하고 굴복한 여러 가지 사건을 보여 주면서 진행돼.
뭐, 엄석대가?
고자질쟁이
야, 멋지다. 한 달만 빌려 줘.

하지만 학년이 바뀌고 새로운 담임 선생님이 부임하시자 상황은 완전히 달라져.
59대 2?
무슨 투표가 이래?

아이들이 엄석대의 대리 시험을 쳐 준 사실을 알고 난 뒤
6학년 5반 엄석대
100

새로 오신 김 선생님은 엄석대를 호되게 매질하게 돼.

그 후 엄석대는 학교를 떠나고
니들끼리 잘해 봐라!
야 엄석대!

하지만 영화로 만들어진
이 작품은 소설과는 조금 달라.

© 대동흥업.

또 영화 속에서는 소설에서의 묘사와 다른
새로운 사건들이 추가되기도 했어.

예를 들어 따돌림 당하던
병태가 아이들의 환심을
사려다가 실패하는
내용은 소설에 나오지
않아.

소설의 결말에서는 학교를 떠난 엄석대가 아이들을 괴롭히다가 끝내 마을을 떠나지만
야, 배신자!

영화에서는 엄석대가 교실에 불을 지르고 떠나는데 이는 불이라는 영상효과를 통해서
좀 무리 아닐까!
넌 너무 심심해!

보는 사람들에게 엄석대의 분노를 잘 느낄 수 있도록 하기 위해서였지.

또 영화에서는 엄석대를 굴복시킨 김 선생님이
못난 녀석들….

또 다른 권력자인 국회의원에 당선되는 장면을 넣어 상황의 반전을 꾀하기도 했어.
에….
친애하는 유권자 여러분!

이처럼 같은 작품에서 출발했더라도 문학과 영화는 많은 차이가 있어.

그 이유는 두 매체의 차이에서 생기는 장르의 특성 때문이야.
쏴아…
영상
문자

문학 작품이 영화로 만들어지는 과정에서 인물의 묘사와 사건의 압축이 일어나는 등
이야기

매체상의 차이에서 비롯된 여러 가지 제약으로 인해 변화가 생기는 거야.
후….
이걸 어떻게 표현하지?

즉 영화는 소설에 비해 시간의 제약과 영상의 한계로 인해
리메이크
박찬욱 감독
우리들의 일그러진 영웅
이보다 더 원작에 충실할 수 없다!

원작과는 다르게 내용을 전개할 수밖에 없는 것이지.
뭐야?
…정말 원작에 충실하구나

하지만 이런 영화의 한계가 오히려 창조적으로 새로운 예술을 만들어 내기도 하지.
다른 길을 찾아라!

소설에서 한병태가 시골 학교로 전학 오던 날의 장면을 회상한 내용이야!

"새로 전학 온 한병태다. 앞으로 잘 지내도록."
담임선생은 그 한 마디로 소개를 끝낸 뒤 나를 뒤쪽 빈자리에 앉게 하고 바로 수업에 들어갔다.
새로 전학 온 아이에 대해 호들갑스럽게 느껴질 정도로 자랑 섞인 소개를 늘어놓던
서울 선생님들의 자상함을 상기하자 나는 야속한 느낌을 억누를 길이 없었다.

– 이문열, 『우리들의 일그러진 영웅』 중에서.

이 장면은 오직 '서술자'의 일방적인 서술에 의해 내용이 이해될 뿐이야.

다시 말해서 소설의 단선적 서술 양식을 독자들이 따라갈 수밖에 없다는 말이야.
끝
시작
미안하지만 길은 오직 하나밖에 없어!

영화의 교실 장면은 관객들에게 당대 교실의 모습과 학생들의 교복이며 생김새가 어땠는지 알게 해 주고, 인물들의 다양한 표정 등을 관객이 능동적으로 인식하게 되지.
오아..
흥!
촤르르르…

하지만 영화에서는 카메라가 보여주는 입체적인 장면을 동시에 볼 수 있어.
내가 좀 색다르게 보여 주지.
…이다

이는 언어적 묘사가 놓치기 쉬운 주변의 의미 요소들을 영상으로 표현함으로써
구석에서 조는 아이도 있네.

관객들이 보다 폭 넓게 상황을 이해하도록 만드는 거야.

따라서 관객은 소설의 한 장면을 보듯 '서술자의 입장에서 생각'하기보다는

하나의 영상 장면을 통해 보다 다양한 관점으로

상황을 인식하게 되는 거지.

혹시 〈해리포터〉 시리즈는 읽어 봤니?
해리포터와 마법사의 돌
해리포터와 비밀의 방
해리포터와 아즈카반의 죄수
해리포터와 불의 잔
해리포터와 혼혈 왕자
해리포터와 불사조 기사단
해리포터와 죽음의 성물

아하, 읽지는 않고
영화로 봤을 수도 있겠구나.

요즘은 소설을 원작으로 하면서도 청소년을 대상으로 한 판타지 영화들이 많아.
해리포터
퍼시잭슨과 번개도둑
반지의 제왕
나니아 연대기
황금 나침반

소설을 원작으로 한 영화는 원작을
해석한 것으로 볼 수도 있지만

소설과는 별개의 창작물로
볼 수도 있어.

소설은 한 작가의 작가적
상상력에 의해 쓰이지만

영화는 프로듀서에 의해 기획되고
각본 작가에 의해 작품이 쓰인 뒤에
제작에 들어가.

여기서 다시 감독과 연출, 카메라 기사와 촬영부를 비롯해
모든 스태프가 촬영을 하고,

많은 배우가 연기를 하지

촬영 후에는 편집 작업과 녹음에도

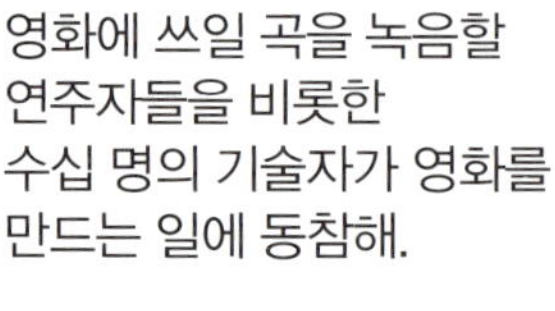

영화에 쓰일 곡을 녹음할
연주자들을 비롯한
수십 명의 기술자가 영화를
만드는 일에 동참해.

결국 소설과 영화는 제작 과정에서부터
차이가 날 수밖에 없다는 말이야.
기획
후반 작업
촬영
배우들

또 문자로 설명하게 되면 그 이미지를 그대로 전달하기 힘든
경우가 많지만
자동차

영화는 하나의 장면만으로도 책보다
훨씬 더 많은 의미들을 전달할 수 있지
묘사나
이야기
보다
효과
적이지.

그럼 『해리포터와 마법사의 돌』에
나오는 내용을 가지고
구체적으로 살펴볼까?
Harry Potter
AND THE
SORCERER'S STONE
12월 14일, 마법이 시작된다!
해리포터

"오늘은 그 빌어먹을 편지들이 오지 않겠지."
그가 그렇게 말할 때 무언가가 부엌 굴뚝으로 핑하고 내려오더니
그의 뒤통수를 세게 쳤다. 그러고는 벽난로에서 마치 총알들처럼
3, 40통의 편지가 쏟아져 내렸다. 더즐리네 가족이
모두 머리를 확 숙이는 순간, 해리는 편지를 하나 잡으려고
공중으로 펄쩍 뛰어올랐다.
"나가! 나가라니까!"
버논 이모부는 해리의 손목을 잡아 그를 거실로 던져 버렸다.
페투니아 이모와 두들리가 손으로 얼굴을 가리고 달려 나가자,
버논 이모부가 문을 쾅 닫았다. 그러나 그들은 편지들이
여전히 방 안으로 밀려 들어와,
벽과 마루로 뛰는 소리를 들을 수 있었다.

—조앤 K. 롤링, 『해리포터와 마법사의 돌』 중에서.

소설에서 작가가 서술하는 내용을 통해
장면을 상상하자면

그저 많은 양의 편지들이 집안으로 쏟아지는
이미지가 연출될 뿐이야.

그때 장면의 분위기는 '당황함과
험악함'으로 정리할 수 있겠지.

반면에 영화에서는 집안에 날아든 편지를 두고 어찌할 바를 모르는
가족들의 당황하는 모습을 소설보다 코믹하게 연출했어.

영화는 편지가 어떻게 집안에 쏟아져 들어오는가에 초점을 맞추는 것이 아니라 편지들이 화면 가득 넘실거리며 어지럽게 떠다니는 모습을 보여 줘.

이게 바로 영화가 지닌 왕성한 표현력이라고 할 수 있어.

그럼 이번엔 카메라의 기법을 살펴볼까?

영화에서 거인 해그리드가 등장하는 장면이 있는데

카메라의 위치를 통해 관객들은 마치 영화의 장면을
오.. 크다
거미 같구나!

실제 눈앞에서 보는 것 같은 느낌을 갖게 돼.
간지러워!
하지 마!

밑에서 위를 향해 촬영한 카메라 영상은

피사체의 크기를 과장되게 나타내는데
감히
학원을 빼먹고 PC방에….
어… 엄마

이것은 어린 주인공이 거인을 올려다보는 시점을 부각시키기 위한 기법이야.
목이 아프다.

이때 관객은 주인공과 같은 관점으로 대상을 보게 되어 영화 속에서 일어나는 일을 자신의 눈앞에서 벌어지는 일이라고 생각하게 되는 거야.
어? 콧물 떨어진다.

또 검푸른 빛이 감도는 영상의 색채는 신비감을 조성하지.
역시 좋아.
영화관 특유의 이 분위기.

이렇게 영화 〈해리포터와 마법사의 돌〉에서 그려내는 마법학교 인물이나 동물들은 영화적 기법을 통해
실제 존재하는 것처럼 생생하게 보이게 한단다.

이처럼 영화는 무한한 가능성을 영상으로 실현해 줌으로써 우리들에게 상상의 나래를 펴게 해 주지.

물론 원작의 상상력을 바탕으로 만들어진 영화라고는 하지만
해리 포터

사실 영화가 주는 상상적 쾌감은 소설보다 구체적이고 다양해.

이제는 영화를 보고 시적 감흥이나 영감을 얻는 시인들도 있고,
시상이 떠오른다.

영화를 통해 작품의 소재를 얻는 소설가들도 있어서

영화가 단순히 재미만을 추구하는 저급한 예술이 아니라 문학적 상상력에 긍정적인 역할을 한다는 인식이 커졌어.
음악
시
소설
회화
만화
...

〈해리포터〉에서도 마찬가지야.

원작 소설이 작가가 풀어낸 상상 세계를 흥미로운 이야기가
아이들의 관심을 끌었다면
해리.포터 시리즈
4억부 돌파
조앤 K
롤링
(1965~)
완결편 하루판매
2천만권
영화 6편 수입
약 3조원
한국어판 역대 최고
판매량 돌파

영화는 상상의 세계를 디지털 기술을
이용해서 영상으로 구현해 냈다는 점이
주목을 받았지.
3D World

현대인들에게 텔레비전, 영화 등의 영상 매체는
문화 필수품이야.
T V
12월 25일 대개봉
해리포터 25탄
DMB

영화의 폭발적인 성장은 문화와 교양의 대명사였던
문학의 입장에서 보면 매우 난처한 일이 아닐 수 없겠지.
와

이런 현상에 대해 문학 전문가들은
'문학의 위기'라고 말하기도 해.

영상 매체의 '단편적이고 감각적'인
특성과 상업성을 지적하면서

문학 작품을 읽지 않는 지금의 세태를 안타까워하고 있거든.
크흐흐...
국어 교과서

또 문학이 영상 매체로 인해 제 역할을 다하지 못 한다고 걱정하기도 해.

하지만 역사적으로 볼 때 문학과 영화의 관계는 매우 친밀했어.

문학은 영화의 시나리오를 제공하고, 영화는 문학을 대중화시켰지.

요즘은 시나리오가 독자적인 문학의 갈래로 나누어졌지만
시나리오
소설

초기의 극영화는 그 소재를 대부분 소설에서 찾았어.
춘향전은 했으니까 이번엔 심청전이 어떨까요?
그럽시다, 김 감독.
내 감방 써 보리다
심청전

초창기 영화는 소설의 이야기 전개 방식, 즉 사건의 인과적 흐름에 바탕을 두거나 순차적 사건 전개 방식 등을 그대로 수용했지.
머리에 쏙쏙 들어와요!
소설
"스토리텔링의 이해"

하지만 현대에 와서 영화의 표현 기법이 다채롭게 개발되면서,
영화 연출
영상 편집

소설 역시 영화적 서사 기법을 본격적으로 수용하게 되었지.
언제 저렇게 이야길 잘하게 되었지?
그리고
어쩌고

말하기(telling)보다 보여 주기(showing)를 강조하는 영화의 서사 기법은 대상을 하나의 장면으로 압축하는 데 매우 효과적이야.
근데 넌 너무 말을 주절주절 늘어지게 하더라.
말투가 고리타분해.
뭐야?

또 영화의 클로즈업 기법은 대상을 거리감 없이 확대해 볼 수 있도록 했지.
모공, 잔주름, 다 보인다!

소설에서의 전통적인 기법이 대상을 그려내는 '묘사'에 의존했다면
글로 그리는 거지.
잔주름 안 보이게!
뭐라지 위에

영화는 보여 주기 기법을 훨씬 다양화했는데
우오시..
우와~ 실감난다!

이 다양한 보여 주기 기법을 이제는 소설에서 사용하게 되었단 말이야.
와~ 영화를 보는 기분이야.

이처럼 편 가르기 대신 문학과 영화의 상호 소통을 인정하면서, 문학 향유 방식의 변화라는 관점에서 관계를 긍정적으로 재해석할 필요가 있어.

문학은 당대의 역사적 상황 속에서 언제나 새로운 자신의 향유 방식을 모색해 왔지.

즉 글이라는 것도 문학의 본질적 특성이라기보다는 활자 매체 시대에 맞는 향유 방식이었을 뿐이라는 거야.

따라서 위기 의식보다는 구체적인 상호 교류 현상을 생산적으로 파악하는 것이 중요해.

소설과 영화는 기법을 주고받으며 다양한 양상으로 전개될 거고,

그 경계가 허물어지면서 문학과 영화를 접목시킨 새로운 분야가 만들어지기도 하겠지.

각각의 분야는 사회적 역사적 변화에도 영향을 받지만 서로의 분야에서 영향을 주고받으며 변화하기도 하는데, 문학과 영화도 서로 영향을 주고받으며 새로운 모습을 띠며 변화해 갈 거야.

소설과 영화 둘 다 감상하자!

소설은 인간의 삶에서 있을 법한 사건을 작가의 상상으로 꾸며 내어 산문으로 표현한 문학의 한 갈래예요. 그리고 영화는 어떤 줄거리나 내용을 담은 영상이에요. 소설과 영화는 허구성을 바탕으로 배경, 사건, 등장인물을 이야기로 엮어 내어 진짜 사실처럼 보인다는 공통점이 있어요. 하지만 소설과 영화는 매체, 시점, 대화, 배경 등 다양한 측면에서 차이점이 있어요.

먼저 소설은 언어로 표현되어 책과 같은 인쇄 매체를 통해 독자에게 이미지를 전달하는데, 영화는 빛, 그림자, 음향 등을 포함한 영상 매체를 통해 관객에게 현실적인 이미지를 보여 줘요. 또 소설의 시점은 매우 다양하고 등장인물들의 대화는 문학적이고 함축적이지만 영화는 작품 바깥에서 바라보는 한 가지 시점으로만 이루어지고 평범하고 일상적인 대화들로 구성돼요. 배경에 있어서도 소설은 제약이 없는 반면에 영화는 흥행을 위해 상업적인 요소를 포함해야 하므로 더 많은 제약을 가져요.

그런데 이런 차이가 있는데도 소설을 영화로 만드는 이유는 무엇일까요? 먼저 상업적 이익을 들 수 있어요. 사람들에게 잘 알려진 소설을 영화로 만들면 자연히 많은 관객을 동원할 수 있는 것이죠. 또한 소설을 영화로 만들면 소설이 가진 예술성을 영화에 연결시킬 수 있어요. 소설의 영화화는 20세기 초반부터 본격적으로 시작되었는데, 예술성 높은 문학을 시각적으로 표현하면서 영화를 단순한 오락으로만 여기던 사람들이 영화를 하나의 예술 작품으로 생각하게 만들었어요.

〈해리포터〉 시리즈는 소설이 영화로 만들어진 대표적인 작품이에요.
ⓒ 워너 브라더스사. ⓒ Scholastic Inc.

　소설을 영화로 만들면 영화 제작자뿐만 아니라 소설가와 영화감독, 일반 사람들에게도 좋은 점이 있어요. 소설가는 소설을 쓸 때 영화와 차별되는 참신한 방법으로 소설만의 영역을 개척하기도 하고, 반대로 영화를 적극적으로 도입하는 소설 쓰기에 대

영화감독은 원작 소설이 있는 훌륭한 시나리오로 영화를 만들 수 있어요.

한 아이디어를 얻을 수 있어요. 영화감독은 소설을 통해 훌륭한 시나리오를 만들기 위한 하나의 방법을 찾을 수 있어요. 영화의 중요한 성공 요인은 재미있고 감동적인 이야기이기 때문이에요. 일반 사람들은 소설을 바탕으로 만들어진 영화를 보고 소설과 영화의 차이를 생각하면서 양쪽에 대한 이해를 쉽게 하고 감상의 폭을 넓힐 수 있어요.

　물론 영화가 원작 소설이 가지고 있던 예술성을 표현할 수 없어서 감동을 주지 못한다거나, 소설을 읽으면서 갖게 되는 수준 높은 사고의 기회를 빼앗아서 원작을 단순화시킨다는 등의 비판을 할 수도 있어요. 또 관객들은 영화감독이 선택한 표현 방법이 적절하지 못했다고 이야기할 수도 있어요. 하지만 이런 비판 또한 매우 의미 있는 일이에요. 원작에 대한 우리 자신의 해석을 영화감독의 해석과 비교해 보면서 오히려 원작의 가치를 새롭게 생각하게 될 수도 있기 때문이죠. 그렇기 때문에 소설과 영화를 모두 감상하면서 그 둘의 표현 양식 차이를 생각해 보는 것은 매우 중요한 있는 일이에요. 그 과정에서 문학과 영화가 더욱 의미 있게 우리 마음속에 자리매김할 수 있기 때문이에요.

10장 놀부처럼 행동해야 성공할 수 있을까?

사오정들이 커피숍에 갔다.
주문하시죠!
SUDA BOX
COFFEE
COFFEE

커피 주세요.

저도
콜라요!
저도
녹차요!

아저씨, 여기
우유 네 잔이요!

이런 종류의 사오정
시리즈 들어 봤니?
사오정
시리즈
우
언제적!
유머를~

유머는 문학과
비슷한 점이 많아.
무슨 소리~
내가 더 잘
생겼지!

유머는 다양한 매스미디어를 통해 사람들 입에 오르내리는데,

시사적인 내용이 많아.
1등만 기억하는 더러운 세상!

특히 유머는 글로 되어 있으면서 재미를 주고
파아
내가 봐도 웃기네..
초불암 시리즈

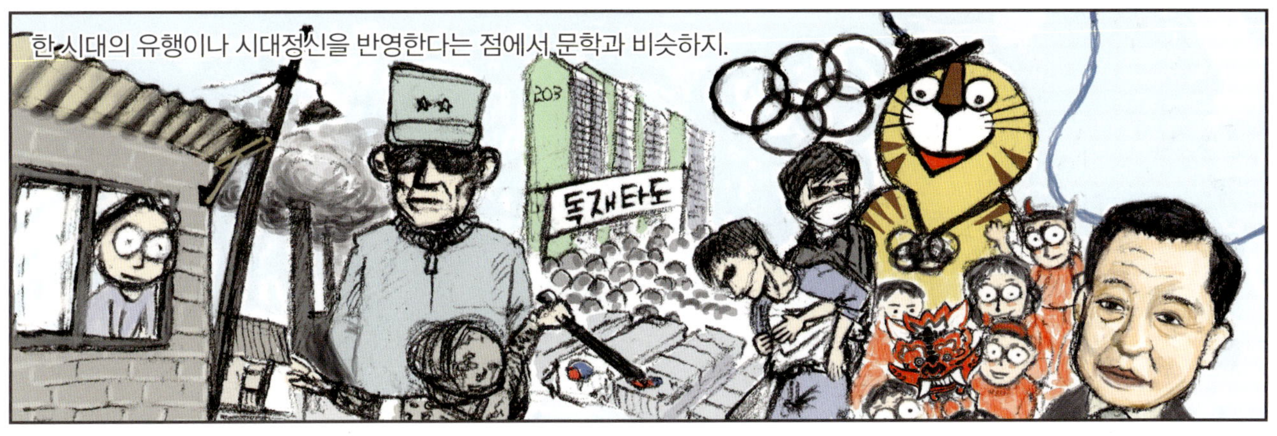
한 시대의 유행이나 시대정신을 반영한다는 점에서 문학과 비슷하지.
203
독재타도

따라서 유머에 담긴 사회 현상과 문화 현상을 살펴보면

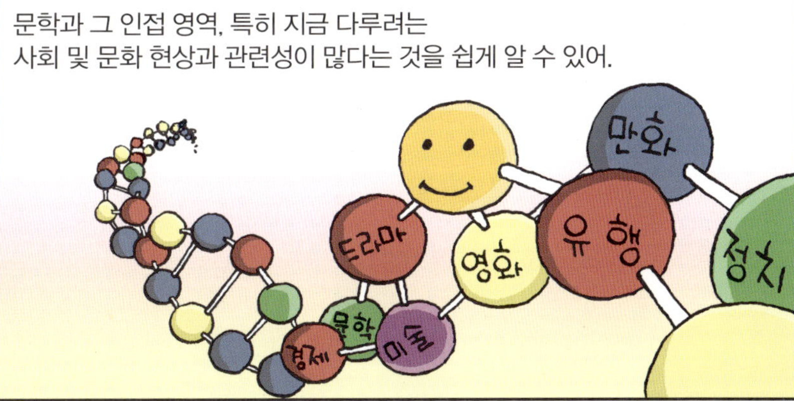
문학과 그 인접 영역, 특히 지금 다루려는 사회 및 문화 현상과 관련성이 많다는 것을 쉽게 알 수 있어.
만화
드라마
영화
유행
정치
경제
문학
미술

한 시기를 대표하는 유머 시리즈들을 살펴볼까?
파아!
여기에 만득이 시리즈나 덩달이 시리즈도 인기가 있어.
80년대 초부터 90년대 후반까지 인기가 있었던 유머들이야.
참새 시리즈
초불암 시리즈
사오정 시리즈

그런데 유머는 단지 웃기기만한 이야기가 아니야!
그만 웃어!

유머는 당시의 사회 현상 속에서 창조된 서사물이라고 봐야 해.
사회의 인식과 사람들의 의식을
반영하기 때문이지.

앞에서 예로 든 사오정 시리즈는
현대 사회에서 남의 말을 귀담아 듣지 않고
'동문서답'하는 사람들을 풍자한다고 할 수 있어.

하지만 좀 더 깊이 살펴보면
심각한 사회 문제가
숨어 있지!

이 시리즈를 즐긴 10대, 20대 젊은 세대는 '사오정'을 놀림의 대상으로 삼았지.
...

그런데 이런 특징은 당시 사회적으로 문제가 되었던 왕따 현상과 매우 유사한 특징을 보여.
왕따 현상의 주인공은 대부분 청소년이거든.

또 그 현상의 밑바탕에는 '즐거움을 위한 희생양'으로서
왕따를 선정하려는 의도가 깔려 있지.

다시 말해 '왕따'나 '사오정' 모두

집단에서 '대다수를 웃겨 줄 바보 역할'을 담당하고 있다는 거야.

또 따돌림의 방식이 폭력이나 갈취의
형태가 아니라 모욕이나 무시하는
방식이 큰 비중을 차지한다는 점에서

사오정 시리즈는 사회적으로 왕따 현상을
대변한다고 할 수 있지!
내가?
뭘?

유머에 이런 심오한 내용이 있는 줄 몰랐지?
내가 이래
봬도
단순하지
않다고.
유머
단순해 보이는데…!

그래서 유머 시리즈는 그 시대에 유행하는 사회 및 문화 현상을 잘 드러내는
문학적 양식의 하나라고 볼 수 있어.
시
희곡
평론
소설
수필
전기
동화
유머
좀 비켜 봐!
나도 봐야 한다고!
삼행시
나도!

더군다나 유머 시리즈는 어느 한 사람이 만들어 낸 것이 아니고
사오정이 다니던 고등학교는 '뭐라는교'.
하하하~.

여러 사람들에 의해서
…그럼,

내용이 확대되고 변형되는데
사오정이 다닌 대학은 '뭐라대'.
말 된다..
아아..

이를 통해 당대의 사회상을 잘 보여 주게 되는 거지…~
하아아!
~~
킥킥..
…
낄낄낄
뭐야 그게..
우우
~~
후후

그래서 유머를 문학의 일종이라고 말한 거야.
호부호형을
문학
허하노라!

문학은 내용과 형식면에서 당대의 문화 현상과 밀접한 관계가 있어.

특히 문학은 역사적, 시대적 현실에 민감하게 반응하지.

우리나라의 경우 일제 강점기의 문학이나
무정
이광수
삼대
염상섭
날개
이상
배따라기
김동인
상록수
심훈

분단 현실을 소재로 통일을 지향하는 문학, 산업화 과정을 그려낸 문학 등에서 뚜렷이 나타나.
당대의 시대상을 알 수 있지!
광장
태백산맥
한씨연대기
난장이가 쏘아 올린 작은 공
관촌수필
객지
잔인한 도시

자, 그럼
이제 구체적으로

문학 작품을 통해
문학과 사회의
관계를
알아볼까?
흥부전

우리는 학교에서 배우기 전에 이미 그림책이나 전래동화,
인형극, 만화 등에서 자연스럽게 『흥부전』을 만났지.
전래 동화
흥부와 놀부
펑!
아니?
으악!
이…이건
아…이건
금은보화가…
그…그!

'형제간의 우애'와 '권선징악'이 주제인
『흥부전』에는
형님…
좀 도와주세요.
저런
못된…!
싫어!

우리나라 사람들의 정서가 너무나 잘
녹아들어 있어서
동생은 제가
잘 돌볼게요!
그래야지!
흥부전

비슷한 유형의 문학 작품뿐만 아니라 영화 및 연극으로
늘 새롭게 되살아나곤 했지.
흥부와 놀부
호랑이를 만난
놀부
재미와 감동이 넘치는
흥부와 놀부
마당놀이
제비가
기가막혀

또 흥부와 놀부는 조선 후기 사회의 신분적 특징을 반영하는 전형적 인물이기도 하지.
재산 상속
빈부격차
다산

그런데 흥부와 놀부에 대한 평가는 시대에 따라 달라져 왔어.

창작 당시에 흥부는 선(善)의 상징이었고
착하고
고분고분
형님 말 잘 듣고
우직하고
욕심 없고

놀부는 악(惡)의 상징이었지.
욕심 많고
자기 주장 강하고
부자에
현실적

하지만 시대가 바뀌고 삶의 방식이 다양하게 변하면서

이들 두 인물에 대한 평가도 달라졌어.
달라지다니
! 뭐가?

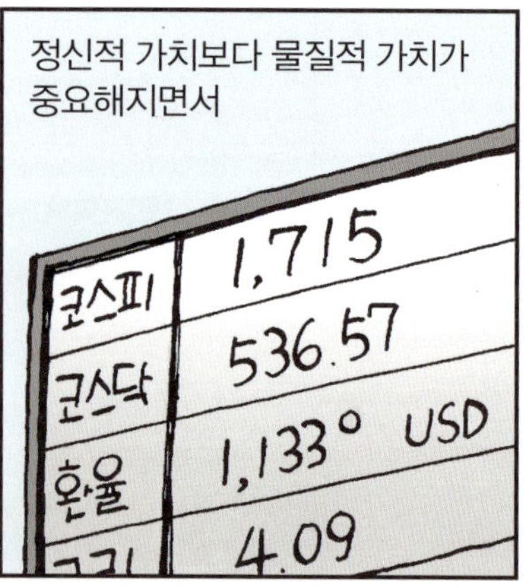

정신적 가치보다 물질적 가치가 중요해지면서
코스피 1,715
코스닥 536.57
환율 1,133° USD
4.09

놀부에 대한 재평가가 진행되었고,
사람은
무엇보다 경제 관념이 있어야죠.

드디어는 놀부적 인간형이 힘을 발휘하게 되었지.
열심히 일하고, 절약하고
남한테 피해 주지 않고.

'놀부 보쌈'은 있어도 '흥부 보쌈'은 없다는 거 잘 알고 있지?
어쩐지…
흥부보쌈
좀 부실한 음식 같은데….

다시 말해 봉건 사회에서는 흥부형 인간이 선이었다면
법 없이도 살 사람이야!
순하고
착해!
욕심 없고.

산업화 사회에서는 놀부형 인간이 선이 된 거지.
부지런하고
사람이 욕심도 좀 있어야지!

사실 놀부가 재평가된 건 1960년대 말 이후부터야.
~잘 살아 보세
새마을

흥부는 소비하는 만큼 일하지 못했기 때문에 놀부에게 쫓겨났으며

능력이 없었을 뿐 아니라 대책조차 없었다는 거야.

놀부가 흥부를 냉대한 것은 흥부에게 자립심을 키워 주기 위해서라는 거지.

실제로 놀부는 흥부에게 화초장 하나를 빼앗아 갈 때도

하인을 뿌리치고 자신이 직접 지고 가는데, 이를 통해 놀부의 자립심을 볼 수 있다는 거야.

또 제비를 해친 건 잘못이지만
으악!
뚝~

부자가 되기 위한 그의 노력만큼은 인정해 주어야 하고
노력상

계속되는 불행에도 포기하지 않고 13개의 박을 모두 타는 끈기는
당시 무기력한 조선인들에 비해 매우 모범적이었다는 거야.

반면에 흥부는 소극적이면서 나태하고
무기력한 인물로 평가되었어.

노력하지 않은 데서 온 가난을 조상 산소 탓으로 돌리려 했고,

주관도 없이 시키는 일이나 하는 인간이라는 거지.

흥부는 끼니도 못 잇는 처지에 남은 노잣돈으로 모두
떡을 살 만큼 무계획적이고

나무가 아닌 수수로 집을 지은 것을 볼 때 나태한 인물이 분명하다는 거야.

박을 켜면서 엄청난 손실을 입지만 결코 중단하지 않았던 점은 노름꾼 심리라는 거지.

이에 비해 흥부는 재물을 두고 형제간에 다툴 수 없어서
순순히 물러선 성인이었으며
네가 상속을
포기하겠다는 각서다!
그, 그냥요.
맞고 찍을래,
그냥 찍을래?

생활을 위해 양심이 허락하는 범위에서만
필사적으로 노력했으며
저 혹시…
대신 매
맞는 일이
있으면….

또 애초에 박 속을 지져먹고 바가지는 팔아서 쌀을 얻으려고 했을 뿐

놀부 같은 욕심은 없었다는 주장이지.
글쎄요.
박이 너무 무거워서
좀 이상하긴 했어요.

어때?
보는 관점에 따라
정말 다르지?

최근에는 오히려 산업화 이후 새로운 시대를 이끌어 갈 인물형은
또다시 흥부형 인간이 될 거라는 주장이 나오고 있어.
뭐, 그래도
계속 농사지으며
살 생각입니다.

흥부야말로 창조적인 인간이며,
자, 웃으세요!
찰칵

무소유와 환경 보호를 실천하는 인간일 뿐 아니라
팔도 일보
연흥부씨의 성공 시대…이 주의 인물
- 무소유를 실천한 환경 운동가

더불어 사는 삶의 중요성을 깨달은 인물이라는 거지.
팔도 월보
한성 경제 신문
소중하지 않은 생명은 없다
연흥부씨 인터뷰

무슨 말인지 이해가 안 된다고? 좋아, 정리해 주지!

먼저 흥부가 창조적인 인간이라는 말은 이런 뜻이야.
?
내가?

모든 것을 다 뺏기고 최하층으로 떨어진 흥부가 인간적 믿음을 지키면서

아무 보잘것없는 박씨에서

무한한 가능성을 찾아내는 과정은
♪

최악의 상황에서도 새로운 가능성을 찾아내는 희망의 모델이 된다는 거야.

노블레스 오블리주 : 성공한 사람에게 요구되는 사회적, 도덕적 의무.

그는 자연을 지배하려는 것이 아니라 자연과 함께하는
친환경 사상을 지니고 있었어.

마지막으로 흥부는 나와 다른 남을 껴안고 화해할 줄 아는
화해형 인간이라는 거야.
제비, 뱀, 박 등
모든 요소를
끌어안았지.

더 나아가 가난한 사람도 포용하고
고마워요!

자신으로부터 모든 걸 빼앗아 간 놀부 역시 포용하고, 그에게 모든 것을 아낌없이 나누어 주었기 때문이지.

이처럼 흥부와 놀부를 바라보는 시각 차이는
시대관을 그대로 반영한다고 할 수 있어.
저랬다가.
이랬다가

산업화 과정에서 치열한 경쟁의 승자가 되기 위해
자신만을 생각하던 시대에는 놀부가 인정받았지만
세상은 1등만 기억한다

그는 친구가 없었어.
스스로 소외되어 버렸던 거지.

자본주의적 관점에서 볼 때 흥부는 게으르고 무능한 인간의 표본이자
저런 무능한….

자기 계발도, 비전도 없는 인물이었어.
공부도 안하고, 운동도 싫고, 흥부처럼 되고 싶어?

하지만 놀부는 물질에 사로잡혀 소중한 정신적 가치를 무시했고

과학 기술을 맹신해 인간과 자연에 대한 믿음을 저버리기까지 했지.
…

오늘날 공동체 의식이 무너진 것도 놀부형 인간이 득세한 것과 무관하지 않아.

따라서 대립을 청산하고 인간의 공동체적 가치를 내세우는 흥부야말로 21세기형 인간이라고 할 수 있다는 말이야.

또 흥부로 대표되는 화해형 인간 유형은 매우 시사적이야.
형님!
쾅
우르르

지금은 국내의 노사 간, 지역 간 대립과 북한 동포의 굶주림을 흥부의 정신으로 끌어안아야 할 때거든.

가장 평범하지만 가장 비범한 흥부형 인간을 현재에 다시 살려 내야만

현재 우리나라의 사회적, 경제적, 문화적 어려움을 극복할 수 있지 않을까?

어때? 흥부전을 통해 문학과 사회가 어떻게 관련이 있는지 이해가 좀 됐니?

우리는 문학을 통해 주인공의 이야기를 간접 경험하기도 하고

인간의 사고와 정서라는 것은 일상의 삶에서 나온 것이지.

문학 속에는 일상에 나오는 사실이 구체화되어 있어.

우리는 문학을 통해 주인공의 이야기를 간접 경험하기도 하고

인생의 의미와 가치를 발견하기도 하면서

정서적 즐거움을 얻을 수가 있지.

그건 유행가를 부를 때 자기만의 개성으로 노래에 대한 새로운 느낌을 만들어 내는 것이나

영화를 보고 나서 인상적인 장면에 대해 끊임없이 되새기는 일과 같은 거야.
씨네아트 필
시

© 파인하우스필름.

따라서 우리는 문학을 통해 일상의 삶을 느끼고 즐길 수 있는 것이지.
사람들은 삶의 양식을 표현하는 방식으로 다양한 예술 활동을 해 왔어.
얼쑤~!

문학의 기원을 원시 종합 예술이라고 한다면 이미 문학은 생겨날 때부터 다른 예술과 관련성을 갖고 있다고 할 수 있지.
무용
미술
문학
영화
음악
연극
빅뱅!
모든 예술은 표현 방식이 다를 뿐 존재 목적이 다르지 않아.

문학이 인접 예술과 관련이 있다는 건 그 고유 형식이 파괴되고 있다는 데서 알 수 있어.
문학

우리는 지금껏 문학 작품이 연극이나 영화에서 변용되어 나타나는 모습을 살펴보았어.
문학

그러면서 음악이나 미술도 문학과 매우 가깝다는 사실을 알게 되었지.

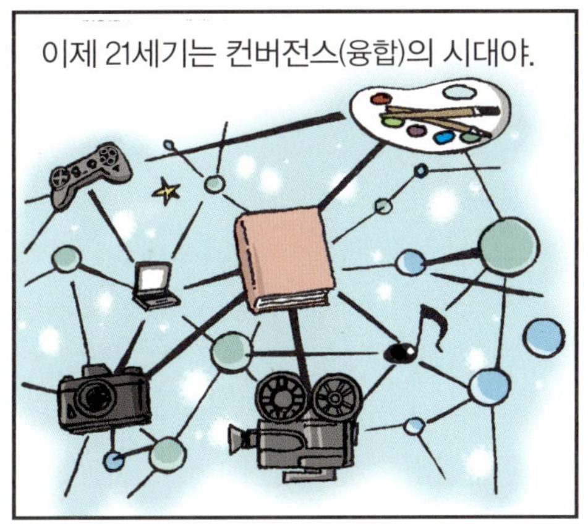

문학의 경우에도 기존 형식의 파괴를 통해 그 현실에 대응하는 컨버전스의 흐름이 계속되고 있어.

『흥부전』에 들어 있는 조선시대의 경제

『흥부전』에는 임진왜란과 병자호란이라는 큰 전쟁 이후에 조선 사회가 어떻게 변화되었는지가 잘 드러나 있어요. 『흥부전』뿐만 아니라 그 당시에 나온 많은 문학 작품들 속에는 시대의 변화 속에서 많은 사람들이 느낀 다양한 생각들이 매우 구체적으로 담겨 있어요.

전쟁 이후에 갑작스러운 사회적 변화의 핵심에는 경제적인 요인, 즉 돈이 자

『흥부전』은 돈이 중요해진 조선 시대의 사회 변화를 말해 줘요.

리 잡고 있었어요. 따라서 당시의 문학 작품 속에는 사회 변화에 큰 영향을 끼친 돈에 대한 사람들의 생각이 잘 드러나 있어요. 『흥부전』은 당시에 발생했던 부자는 더 부자가 되고 가난한 사람은 더 가난해지는 '부익부 빈익빈'의 경제 구조를 보여 줘요. 놀부와 같은 부자가 등장하고, 이로 인해 기존의 사회 구조가 변화되고 있음을 보여 주는 것이죠. 경제적인 부유층이 새롭게 등장하면서 그 전까지 엄격했던 신분 질서가 무너지고 있음을 말하는 것이에요. 또한 흥부는 부자가 되고 놀부는 거지가 되는 상황을 통해 돈이 모든 사람들에게 정의롭게 분배되는 사회를 원하는 민중들의 생각을 읽을 수도 있어요.

이는 놀부의 박을 통해서도 확인할 수 있어요. 놀부는 자신의 재산을 땅이나 쌀이 아니라 돈으로 가지고 있었어요. 놀부의 박에서 나온 중, 무당, 사당패 등은 거침없이 놀부에게 덤벼들다가도 돈만 받으면 조용히 물러서요. 이들은 조선 후기에 일정한 곳에 정착해 살지 못하고 이곳저곳을 떠돌아다니며 끊임없이 돈을 쓰는 인물들이었어요. 그래서 이들에게는 어떤 것보다도 돈이 중요하게 인식

되었어요. 이는 당시 사회가 돈이면 무엇이든 해결된다는 생각이 널리 퍼져 있었음을 잘 보여 줘요.

돈이 중요하게 생각되면서 경제 체제가 변했을 뿐만 아니라 양반층의 기반이 약해지고 인간의 기본적인 윤리 의식이 파괴되었어요. 돈이 없었던 양반들은 돈을 받고 양반 신분을 팔았고, 부모와 자식 간에 윤리가 무너졌으며, 이웃 간에 상부상조하는 생각들이 사라졌어요. 다시 말해 화폐 경제의 발달은 외적으로 신분의 붕괴를 가져왔을 뿐만 아니라, 내적으로 사람들이 가지고 있던 생각의 변화를 일으켜 전통적 세계관을 무너뜨렸어요.

이런 문제 때문에 사람들은 가족 간의 또는 이웃 간의 갈등에 대해서 더욱 관심을 가지게 되었고, 이러한 관심이 『흥부전』과 같은 소설을 통해 드러나게 되었어요. 또한 소설에서는 경제적인 조건에 의해 무너진 당시 사회의 문제를 유교 사회의 중심이 되는 가족 간의 문제로 끌어들여서 더욱더 사실적으로 표현했어요. 이렇듯 『흥부전』은 조선 후기 사회가 처한 시대적 모순을 사실적으로 반영하고 있어요. 이것이 바로 소설을 한갓 재미를 위한 오락거리로 보기 어려운 이유예요. 소설은 오히려 역사보다도 더 사실적으로 당대의 사회를 반영할 수도 있다는 말이에요.

화폐 경제의 발달은 전통적인 신분 사회의 붕괴를 가져왔어요.

융합형 인재를 위한 교과서 넘나들기 핵심 노트

넘나들며 읽기

새롭고 창의적인 키워드를 만들어 내기 위해서는 기존의 개념을 잘 이해해야 합니다. 창의적인 것이란 이 세상에 존재하지 않는 것을 만들어 내는 것이 아니라 기존의 것들을 잘 섞고 혼합하여 폭을 넓히면서 만들어 지는 것이니까요. 이 책에서 읽은 내용을 바탕으로 창의적인 사고를 펼쳐 볼까요?

진실 혹은 거짓?!

푸시킨(Aleksandr Sergeyevich Pushkin, 1799~1837)이라는 러시아의 시인은 문학의 본질에 대해 이런 말을 남겼습니다. "꾸며낸 이야기에 눈물을 흘린다." 분명히 실제로 벌어진 일이 아니라 만들어 낸 이야기라는 사실을 알면서도 우리는 감동을 받잖아요. 현실에서는 이런 일이 자주 일어나지는 않아요. "거짓말이긴 한데, 네 용돈을 두 배로 올려 줄 거야." 이런 말을 하는 부모님도 안 계시지만, 이런 말을 듣고 기분이 좋아지진 않죠. "꾸며낸 이야기지만 방금 집 앞에서 주인을 위해 목숨을 바치는 강아지를 봤어." "아, 감동적이다." 이런 대화를 나누지는 않잖아요. 그렇다면 실제로 일어나지도 않은 주인공의 모험에 같이 흥분하고, 억울함에 함께 분노하고, 승리의 기쁨을 같이 나누는 일은 어떻게 설명할 수 있을까요?

사람들은 이야기를 통해서 자신의 경험을 정리한다고 합니다. 여행을 갔을 때 2박3일의 짧은 여행보다는 4박5일의 긴 여행이 더 행복하게 느껴지지만, 돌아오고 나서 기억할 때는 별 차이를 느끼지 못한다는 연구도 있어요. '지금, 여기'의 경험은 늘 생생한 것이지만 사람은 모든 것을 다 기억하지 못하고 선택된 소재로 구성된 이야기를 중심으로 기억한다는 것이죠. 그래서 같은 경험을 했더라도 더 풍부한 이야기로 재구성해서 말할 수 있을 때 그 경험을 더 잘 활용할 수 있게 된답니다.

반대로 이 말은 경험의 부족함을 채우고 경험의 좁은 폭을 넓힐 수 있는 수단이 '이야기'라는 뜻도 되요. 우리는 직접 경험하지 않은 것도 이야기를 통해서 자신이 경험한 것인 양 합칠 수 있다는 거죠. 사람들에게 어떤 이야기 하나를 들려준 뒤 한참 뒤에 물어보면 마치 자신이 직접 경험한 이야기인 양 말을 한다는 연구도 있어요. 그리고 그럴 땐 이전에 자신이 갖고 있던 경험이나 기억과 섞어서 이야기가 바뀐다고도 해요.

다시 말하면 이야기를 통해서 우리는 타인의 경험을 마치 자신의 경험처럼 느끼고 기억하게 된다는 것이에요. 그래서 꾸며낸 이야기인 줄 알면서도 그것을 실감나게 들을 수 있는 것이죠. 처음부터 사실이 아니란 걸 알고 있기 때문에 거짓말이라고 화를 내지 않고 그 이야기 자체를 즐기고 받아들일 수 있는 것이기도 하고요.

그러다 보니 이야기의 진실이 문제가 되기도 해요. 사람들이 종종 잘못 기억하는 일이 많거든요. 기억에 의존해서 누군가를 나쁜 사람으로 생각하고 있었는데, 그 기억이 잘못되었다는 사실이 밝혀지면 어떻게 해야 할까요? 그 미움의 감정은 자신이 느낀 것이었지만 옳지는 않았다고 할 수 있겠죠? 문학 작품이나 영화의 이야기가 사실과 관련이 있을 때 이런 문제가 발생할 수 있어요. 사람이 진실로 믿도록 거짓으로 이야기를 꾸며내는 것은 문학이라는 이름으로도 용서가 될 수 있는 건 아니랍니다.

그러니 문학에 대해서는 사실이나 거짓이라는 말보다는 허구와 진실이라는 단어를 쓰는 경우가 많아요. 교훈과 감동을 주는 상상의 이야기, 지어낸 이야기라는 것이죠. 우리는 감동과 즐거움을 주는 허구의 이야기를 통해서 삶을 풍요롭게 하는 것이랍니다.

그래서 영화나 드라마, 소설을 통해서 우리는 가 보지 못한 곳과 시대의 삶을 느끼고 경험해 보게 됩니다. 그러므로 앞으로는 어떤 삶의 경험과 기억이 그 이야기 속에 스며들어 있는지 주의하면서 작품을 즐기고 감상한다면 더 많은 것을 이해할 수 있게 될 거에요.

더 생각해 보기

• 이야기를 통해서 자신의 체험을 확장시킨다는 말을 들었죠? 그런데 그게 어떻게 가능할까요? 자기와 전혀 다른 주인공이 등장하는 이야기를 읽으며 공감하고 이해할 수 있는 건 무엇 때문일까요? 이건 쉽게 생각하면 실생활에서 우리가 부모님의 입장을 어떻게 이해할 수 있을까를 묻는 것과 비슷하겠죠? 생각해 보아요.

창의적 독서란 책이 주는 정보를 정보 그대로 이해하는 것이 아니라 자기 것으로 만드는 독서를 일컫는 말입니다. 이 책에서 넘나들기를 한 분야 외에 세상의 많은 분야와 정보들이 모두 이 책을 중심으로 뻗어나갈 수 있을 것입니다. 이 질문은 여러분들이 창의적인 상상을 할 수 있도록 도와주는 것들입니다. 책의 내용과 관련지어 다음과 같은 질문들에 간단하게 생각을 해봅시다.

"내가 새로운 것을 말하지 않았다고 말하지 말기를 바란다. 재료의 배치가 새롭다." 파스칼(Blaise Pascal, 1623~1662)이 한 말입니다. 정말로 새로운 내용과 형식을 창조하는 것은 어렵죠. 그래서 기존의 내용과 형식을 바꾸고 변화시켜 새로운 것을 만들 수도 있습니다. 여러분이 이미 알고 있는 시나 동화를 새롭게 자신의 생각대로 다시 써 보세요. 그리고 무엇을 왜 바꾸었는지 설명을 해 보세요. (9장)

예전에 외국에서 『심청전』을 오페라로 만들었을 때 대부분의 내용을 그대로 사용했지만 한 부분을 새롭게 썼다고 해요. "왜 심청이가 물에 빠졌는데 심봉사는 눈을 뜨지 못했는가?"라는 부분이에요. 문학 작품뿐만 아니라 드라마나 만화, 영화를 보면서도 이렇게 내용에 대해 물으면서 그것을 새롭게 다시 볼 필요가 있겠죠?

선생님이 수업 시간에 "솔개가 나이가 들면 죽을 정도의 고통을 참으며 단단해진 부리를 바위에 쪼아 없앤 후, 다시 부리가 돋아나게 한단다. 사람도 그렇게 고통을 겪어야 새로운 삶을 살게 되는 거야."라고 하셨습니다. 좋은 이야기였다고 감동해서 자료를 찾아보니 솔개는 그러지 않는다는 걸 알게 되었어요. 교훈적인 이야기지만 사실과 다를 때 그 교훈과 가치는 사라지는 걸까요?(3장)

감동해서 들은 이야기가 사실이 아니란 걸 알게 된다면 기분이 어떨까요? 실제로 일어난 이야기의 감동은 그것이 사실이라는 데 있어요. 하지만 잘못 알았다는 걸 알게 된 이후에도 그 교훈의 가치나 감동의 진실함을 무시하기는 어렵다고 말할 수 있지 않을까요? 여러분은 어떻게 생각하세요?

다들 알고 있는 오래된 이야기들이 있을 거예요. 만일 그 결말이 아쉽다면 새로운 이야기를 덧붙여 보는 건 어떨까요? 간단하게 원래 이야기의 줄거리를 적어 보고 그 뒤의 이야기를 덧붙여 써 봅시다. (5장)

'빨간 두건' 이야기를 알고 있겠죠? 원래는 어머니의 심부름으로 할머니께 음식을 가져다 드리러 간 빨간 두건이 늑대의 꼬임에 빠져 시간가는 줄 모르고 놀다가 뒤늦게 간 할머니 댁에서 늑대에게 잡아먹히는 걸로 끝나는 이야기였답니다. 하지만 사람들은 사냥꾼의 도움으로 늑대의 뱃속에서 빨간 두건과 할머니가 다시 살아나는 이야기를 덧붙였지요.

여러분은 방금 재미있는 영화 한 편을 보았습니다. 주인공이 새로 이사 간 집에 자꾸 유령이 나타나는 거예요. 그래서 주인공은 이 유령을 쫓아내기 위해서 온갖 수단을 다 동원합니다. 그런데 영화가 끝날 무렵에야 유령들은 사실은 살아 있는 사람들이고, 주인공 자신이 유령이라는 걸 알게 됩니다. 그제야 관객들은 영화를 보면서 주인공이 집 밖으로 한 번도 나가지 않았다는 것을 새삼 깨닫게 되죠. 만일 이 영화에서 '교훈'을 찾아낸다면 어떤 게 있을까요?(9장)

친구나 부모님이 자신을 오해하고 있다고 생각해서 원망하고 있었는데, 나중에 이야기해 보니 자신이 상대방을 오해하고 있던 적은 없었나요? 누군가 자신에게 못되게 군다고 화를 내고 있었는데, 나중에 돌아보니 자신이 더 나쁜 태도를 갖고 있었다는 걸 알게 된 적은 없었나요? 만일 자신이 이런 경험을 소재로 이야기를 만든다면 어떤 동화를 쓸 수 있을까요?

다음의 두 시에 나타난 태도를 비교해서 설명해 보아요. (4장)

(가) 벽 틈새에 핀 꽃이여!
　　나는 너를 뽑아,
　　뿌리까지 모두 뽑아, 이렇게 내 손 안에 들었구나.
　　작은 꽃이지만, 만일 내가
　　너를 뿌리까지 모두, 네 모든 것을 알 수 있다면
　　하느님과 사람이 무엇인지 알 수 있으련만.

　　　－테니슨 , '벽 틈새에 핀 꽃이여!'.

(나) 자세히 살펴보니 냉이꽃이 피어 있네 울타리 밑에.

　　　－바쇼의 하이쿠.

문학 작품에 나타난 말하는 이의 '태도'에서 세상을 보는 관점, 가치관을 읽어 내는 훈련은 중요합니다. 실생활에서 마주치는 주변 사람들이나 우리가 사회라고 부르는 더 넓은 세상을 이해하는 데 도움이 되지요. 꽃이 피어 있는 걸 발견하고 그저 감탄하는 태도와 그 아름다움을 알겠다고 '뿌리까지 모두 뽑아'내는 태도는 어떻게 다른 걸까요?

이어령의 교과서 넘나들기 문학편

펴낸날	초판 1쇄 2010년 12월 15일
	초판 6쇄 2013년 12월 3일
콘텐츠 크리에이터	이어령
지은이	윤한국
그린이	홍윤표
기 획	손영운 · 모해규
펴낸이	심만수
펴낸곳	(주)살림출판사
출판등록	1989년 11월 1일 제9-210호
주소	경기도 파주시 문발동 522-1
전화	031-955-1350 팩스 031-624-1356
홈페이지	http://www.sallimbooks.com
이메일	book@sallimbooks.com
ISBN	978-89-522-1528-4 03800
	978-89-522-1531-4 (세트)

※ 값은 뒤표지에 있습니다.
※ 잘못 만들어진 책은 구입하신 서점에서 바꾸어 드립니다.
※ 본문에 수록된 도판의 저작권에 문제가 있을 시
　저작권자와 추후 협의할 수 있습니다.